パーティーから追放されたその治癒師、実は最強につき

4

影茸
Kagekinoko
画 カカオ・ランタン
Kakao Ra

ラウスト
治癒師

「ははっ」

ナルセーナ
武闘家の少女

「……ごめん、なさい。もう、無理です。
私だって、必死に我慢してきたから！」

「なんだよ、あれ？」

若き日のラウスト
治癒師

パーティーから追放されたその治癒師、実は最強につき 4

2章 迷宮都市 3
第54話 第一次城壁防衛戦Ⅴ 4
第55話 第一次城壁防衛戦Ⅵ 13
第56話 第一次城壁防衛戦Ⅶ 19
第57話 第一次城壁防衛戦Ⅷ 28
第58話 第一次城壁防衛戦Ⅸ 36
第59話 第一次城壁防衛戦Ⅹ 44
第60話 第一次城壁防衛戦Ⅺ 55
第61話 防衛戦の被害 64
第62話 乱入者 80
第63話 冒険者達の贈り物 87
第64話 冒険者達の希望 94
第65話 全ての元凶 106
第66話 疑い 118
第67話 価値 128
第68話 耐え抜く鍵 138
第69話 遭遇と逃亡 149
第70話 ナルセーナの後悔 162
第71話 二つの救い 169
書き下ろし番外編 とある元無能の過去 185

パーティーから追放されたその治癒師、実は最強につき 4

影茸
Kagekinoko

ill カカオ・ランタン
Kakao Rantan

パーティーから追放された

その治癒師、実は最強につき 4

2章 迷宮都市

第54話　第一次城壁防衛戦Ⅴ

痛みは感じない。
ただ、左肩の辺りが尋常ではなく熱かった。
かなり深くまで短剣が食い込んでいるらしい。
大切ななにかが自分の身体から漏《も》れているのを僕は感じていた。
回復しなければ、遠からず僕は死ぬだろう。
刻一刻と、その時が迫ってきているのを感じる。
「Ｆｉ――――ｉ」
そんな僕を見て、フェンリルは笑っていた。
……フェンリルの目に浮かぶのは、背筋が凍るような悪意だった。
それは、以前戦った変異したヒュドラさえ比にならないほどの濃密な悪意。
圧倒的な敵から注がれる悪意に、心臓が凍りつくような錯覚を覚える。
今フェンリルは、僕をどう嬲《なぶ》り殺しにするか、考えているのだろう。
そしてその横では、フェンリルに従うかのように二体のオーガが僕をじっと見ている。

自分達が手を下すまでもないと言いたげに。

「ははっ」

喉元から熱いものが溢《あふ》れてくる。

だけど僕は笑う。

フェンリル達からの強い悪意は、変わらず僕に恐怖を抱かせる。

ただ、そんな恐怖も薄れるほどに僕はおかしくて仕方がなかった。

僕がなにを狙っているのかにも気付かず、フェンリル達が決定的な隙を晒《さら》してくれていることに。

――そう、僕の賭けは最高の形で成功したのだ。

僕の不自然な様子に、フェンリルの横にいる二体のオーガが気付いたようだが、もう遅い。

鈍った身体を身体強化で強引に動かし、僕は二体のオーガへと飛び掛かる。

無理に身体を動かしたせいで短剣がさらに身体へと深く突き刺さり、傷が強く痛む。

それでも僕は、二体のオーガの顔を鷲掴《わしづか》みにすることに成功する。

「ッ！」

「ナニ、ヲ！」

捨て身で身体強化した勢いのまま、僕は全力でオーガ達の頭を地面へと叩きつける。

鈍い骨が砕ける音と共に、オーガの頭が半壊する。

これで、残る魔獣はフェンリルだけ。

ふと少し先の地面に自分の短剣が落ちているのが目に入った。

先ほどオーガの大剣を受け損ね短剣を弾かれた時、正直賭けは失敗してもおかしくなかった。

傷ついた身体では、機敏に動けるかどうか分からない。

そんな中武器を失えば、オーガ一体さえ無事に倒せるかどうか、それさえ危うかっただろう。

……もう少しで、捨て身の攻撃を決断した意味がなくなるところだった。

「ありがとう」

だからこそ、僕はフェンリル達の悪意に感謝する。

僕の狙いが隙を作ることだったなんて気付かず、みすみすオーガ二体を仕留めさせてくれたことを。

突然の出来事に、フェンリルは呆然《ぼうぜん》と僕を見つめていた。

フェンリルは、僕がまだ動けるなど微塵《みじん》も考えていなかったのだろう。

僕の身体に刺さる短剣は、見るからに致命傷だ。

――どれだけ強力なスキルを持っていようが、動けるような状態ではない。

そう思い込んでくれたからこそ、僕はフェンリルに隙を晒《さら》させることに成功した。

　ふと、この捨て身の攻撃を教えてくれた人の言葉が脳裏をよぎる。

「身体強化した状態で攻撃できないならば、できるような隙を作れ。なに、簡単な話だ。相手の攻撃を避けずに受ければいい。そうすれば、相手から決着がついたと思って動きを止めてくれる。魔獣相手なら特にな」

　無茶苦茶なことばかりを強《し》いてくる人だと思っていた。

　だけど、あの人から教えられたことがなければ今の僕はいなかっただろう。

「魔獣の攻撃を受けてただで済むわけがない？　ああ、そんなこと気にするな。なにせ……」

　オーガを掴む手に力を込めながら、僕は驚愕《きょうがく》の目を向けてくるフェンリルへと、あの人から教えられた言葉の続きを告げる。

「残念だけど、この程度で僕は死なないよ。なにせ――僕の身体は無駄に頑丈なんだ」

　けれど、僕が強がれたのもそこまでだった。喉元から熱いものがせりあがってくる感覚に、口元を手で覆《おお》う。

「うぐ」

視線を下げると、手のひらが血に赤く染まっていた。

浮かれていた気分が一気に冷め、僕は顔をしかめる。

いくら確率の低い賭けに勝利したとしても、今は浮かれることを許される状況ではない。

今さらながら僕はそのことを思い知らされる。

なぜなら、敵の隙をついてオーガ二体を倒したといっても、僕の圧倒的な不利は変わらないのだから。

……限界は、かなり近い。

気力を振り絞《しぼ》り、《ヒール》を唱えるための魔道具を取り出そうとする。

「F:i――――!!」

……だが、フェンリルは回復を許してはくれない。

魔道具を取り出すことを諦め、全力で横へと飛ぶ。

無茶な動きに傷口が開き出血が酷くなるが、その判断は正解だった。

「F:i――――:i」

先ほどまで僕がいた場所の地面が深く抉《えぐ》られている。

一瞬でも反応が遅ければ、地面を抉《えぐ》った攻撃は僕の身体を切り裂いていただろう。

なんとか攻撃を避けることはできたが、いまだ窮地《きゅうち》から脱したわけではない。

フェンリルは、僕を憎々しげに睨《にら》みつけている。

この状況では、《ヒール》を唱えることは不可能であると悟る。

魔道具を取り出すことさえフェンリルは許しはしないだろう。

フェンリルの目にはいまだ驚愕《きょうがく》が浮かんでおり、まだ混乱していることが僕に伝わってくる。

だが、その混乱でフェンリルが攻撃の手を鈍らせることはもうないに違いない。

混乱以上にフェンリルの目に浮かぶ憤怒《ふんぬ》の感情に、僕はそのことを理解させられる。

フェンリルは確実に僕を殺しに来ている。

少しでも隙を晒《さら》せば、フェンリルは僕を確実に殺すだろう。

……次の攻撃を避けられる自信は、僕にはなかった。

ぼろぼろの身体で限界が近い上、短剣もない。

そんな状況の中、フェンリルの攻撃を避けられるとは思えない。

「こんな場所に来ていたのか……」

気付けば、弾かれた短剣が目の前にある。

しかし、その幸運も今は喜べない。

短剣を拾う暇《いとま》さえフェンリルは与えてくれないだろう。

そもそも、短剣があっても攻撃を避けられなければ意味はない。
先ほどの強引な回避もあり、僕に残されているのは一度攻撃できるかどうかの余力。
それだけで、どうやってこの状況を打開すればいいのか。
希望を求めて、必死に頭を振り絞《しぼ》る。
——そんな時、視界の端《はし》に一直線にこちらへと向かってくる青い人影に気付いた。
「……本当に頼りになりすぎだよ」
気付けば僕は小さく笑っていた。
彼女なら来てくれるかもしれない、そう期待しなかったといえば嘘《うそ》になる。
けれど、こんな完璧なタイミングで来てくれるなんて、思うわけがない。
彼女は、僕の想像など遥《はる》かに超える形で応えてくれた。
ならば、僕も彼女に応える働きをすべきだろう。
そう判断した僕は、短剣を拾うべく動き出す。
「F：i————i！」
そうはさせじと、フェンリルが爪を僕に向ける。
真に警戒すべき対象が近づいていることにも気付かずに。
僕に気を取られているその一瞬に、彼女が距離を縮めていく。

「Ｆｉｉ⁉」

僕に爪を振り上げようとしたその時、ようやくフェンリルも何者かが近づいていることに気付くが、もう彼女は――ナルセーナは、フェンリルを攻撃範囲内に捉《とら》えていた。

「お兄さんから、離れろ！」

次の瞬間、走ってきた勢いのまま繰り出されたナルセーナの蹴りが、フェンリルへと叩き込まれた……。

第55話　第一次城壁防衛戦Ⅵ

キラキラと光を反射しながら、地面へと落ちていくお兄さんの短剣。

遥《はる》か先の光景にもかかわらず、なぜか私、ナルセーナにはその光景を鮮明に見ることができた。

「そん、な」

開いた口から掠《かす》れた声が漏《も》れる。

オーガ二体にフェンリルの前で丸腰。

それは考えうる限り最悪の事態だ。

いち早くお兄さんの下に駆けつけなくてはならない。

焦りにかられた私は、眼前のオーガへと遮二無二《しゃにむに》殴りかかる。

感情に任せた強引な攻撃は、オーガには通用しなかった。

オーガの手に握られた大剣が、私の動きに合わせて振り上げられる。

それでも私は攻撃を中断しなかった。

逆に、全力で身体能力を強化する。

その判断はこの状況において吉と出た。

前に出てくると考えていなかったのか、狙いを狂わせたオーガの大剣は、私の身体を逸《そ》れる。

そして私は、オーガの無防備な懐《ふところ》に潜り込むことに成功する。

「どいて!」

腹部に全力の拳を叩き込むと、オーガは声さえ上げることなく崩れ落ちた。

「がァァァ!」

けれど、倒れたオーガの背後にいたオーガが、すぐに攻撃を仕掛けてくる。

「早く、お兄さんのところに……!」

変わらない情勢に、動きを鈍らすだけだと知りながらも、私は焦燥《しょうそう》にかられる。

残っている魔獣は、リッチ一体とオーガ三体。

このまま戦い続ければ私達は間違いなく勝てるだろう。

だが、その時にお兄さんが生きている保証はない。

武器を持たないお兄さんへと、オーガが短剣を振り上げたのが目に飛び込んでくる。

……もう間に合わない。

お兄さんは、私達がオーガやリッチと戦っている中、たった一人で変異したフェンリルを抑えていてくれた。

なのに、私はそんなお兄さんに協力するどころか、オーガを足止めすることさえできなかった。

お兄さんの下に行くオーガを止められるのは、武闘家である私だけだったのに。

フェンリルとお兄さんが戦う前、自分が宣言した言葉はいまだ頭に残っている。

だからこそ、情けなさを覚えずにはいられない。

一体なにが、頼れる女なのだろうか。

私のせいで、お兄さんは死ぬ。

「おにい、さん？」

私の口から声が漏《も》れる。

その言葉が聞こえていたかのように、お兄さんと目が合う。

勘違いではなく、はっきりと。

そして、お兄さんがまるで私になにかを伝えようとして、口を動かすのが分かる。

だが、お兄さんの口が言葉を刻む前に、オーガの振り下ろした短剣がお兄さんの身体を切り裂いた。

「……っ！」

おびただしい量の血が、お兄さんの身体から吹き出す。

あれは致命的な傷だと、遠目からでも容易に想像できた。
その凄惨《せいさん》な光景に、私の心臓はまるで凍りついたように冷たくなる。
しかし、その時私の頭をよぎっていたのは別の光景。
——私になにかを伝えようと、口を動かすお兄さんの姿だった。
短剣が身体を引き裂く直前、お兄さんがなにを言おうとしていたのか。
それは私には分からない。
ただ、一つだけ確信できることがあった。
お兄さんが私に向けていた目を思い出しながら呟《つぶや》く。
「……お兄さんは、まだ諦めていない？」
お兄さんの目は光を失っていなかった。
それどころか、その目には強い決意が宿っていた。
あの絶対絶命な状況を覆《くつがえ》す方法がある、とでもいいたげな決意が。
私は唇を噛みしめる。
自分のミスを悔いるのは全てが終わった後の話。
「——まだ、終わってない！」
強く拳を握りしめ、私は行く手を阻《はば》むオーガ達を睨《にら》みつける。

その時、目の前のオーガ達に異変が起きた。

「グッ！」

苦悶《くもん》の声と共に、オーガ達の胸から鮮血が吹き出す。

後ろを振り向くと、そこには肩で息をするジークさんの姿があった。

その手に握られた魔剣は、今までにないくらい強い光を放っている。

その光景に、聞くまでもなく私は察する。

ジークさんが、奥の手を使ってくれたのだろうと。

一瞬固まっていた私に向け、必死の形相でジークさんが叫ぶ。

「行け、ナルセーナ！」

その言葉に反応し、私は走り出そうとする。

だけど、ジークさんの声に反応したのは私だけではなかった。

オーガの後ろにいたからか、ジークさんの攻撃を喰らわなかったリッチが、魔術の構築を始めているのが視界の端《はし》に見える。

その狙いが、疲労を色濃く見せるジークさんであることに気付き、一瞬私の動きが鈍る。

けれど、私が対処する必要はなかった。

次の瞬間、リッチの胸から刃が突き出てきたのだ。

一瞬なにが起きたのか理解できなかった。

だけど私は、リッチの後ろに人影があることに気付く。

「……ハンザム」

そこにいたのは、お兄さんを敵視していたはずの男性ギルド職員だった。

いつの間にリッチの背後に潜り込んでいたのか、リッチから目を離さなかったにもかかわらず、私には分からなかった。


そもそも、ハンザムはミストと共にいるのではなかったのか？

しかし、そんな私にハンザムはなにも言わず、お兄さんの方を指さす。

様々な疑問が頭に浮かぶが、それを聞く暇は今はない。

ハンザムと戦い始めたリッチから目を離す。

そして、私はお兄さんの方へと向き直り、全力で走り出した。

第56話　第一次城壁防衛戦Ⅶ

遥《はる》か先、武器も持たずたたずむお兄さんは、立っているのがやっとの状態に見える。

その周りには、変異したフェンリルとオーガが二体。

もう手遅れと言ってもいいような絶望的な状況だった。

私は身体強化を全開で走るが、お兄さんのいる場所までかなり距離がある。

それでも、私は足を止めることはなかった。

不安は皆無だなんて言うつもりはない。

ただ、私は確信していた。

お兄さんは、この状況においてもなにかを狙っていると。

そして、その私の考えに応えるかのようにお兄さんは笑った。

その時の私は、声が聞こえる距離でもないのに、なぜかお兄さんがなにを言ったのか理解できる。

『ありがとう』

お兄さんは怪我をしているのが信じられない機敏な動きで、オーガ二体の頭を鷲摑《わしづか》みにする。

――そして、お兄さんは信じられない怪力で、オーガ二体の頭を地面に叩き付け砕いた。

その時になって、私はお兄さんが狙っていたのがなにかを理解した。

攻撃を受けたその瞬間から、お兄さんは確実にオーガを倒せる隙を狙っていたのだ。

勝負はまだ終わっていなかった、そのことにようやくフェンリルが気付く。

しかし、時すでに遅し。

もうオーガ二体は倒された後なのだから。

……その光景に、反撃を予想していたはずの私も、驚きを隠せなかった。

いくらお兄さんでも、あんな致命的な傷を負った状況から、オーガ二体を倒すなど想像できるわけがない。

だが、もしオーガ二体倒すことを最初からお兄さんが想定していたとしたら。

そこまで考えて、私はあることに思い至る。

「……もしかして」

オーガに身体を切られる寸前、私を見ていたお兄さんが言おうとしていた言葉。

それをお兄さんが口にすることはなかった。

でも、今の私にはその時お兄さんがなにを言おうとしていたのか、想像することができた。

「フェンリルの隙をつけ、ということ？」

フェンリルは突然のことに、いまだ立ち尽くしている。

それは、今までにない大きな隙だった。

その光景を目の当たりにしながら、私は感嘆《かんたん》する。

どれだけ戦闘経験をつめば、あのような状況で、即座に切り抜ける方法を考えられるのかと。

魔獣や迷宮に対する知識、人間相手の交渉や心を掴む術《すべ》、これらの経験に関しては、お兄さんは私に冒険者として生きる術《すべ》を教えてくれたロナウドさんと比べ、劣《おと》っているかもしれない。

だけど、戦闘時の咄嗟《とっさ》の判断というくくりで見れば、お兄さんはロナウドさんと同等かそれ以上の能力を持っているように見えた。

規格外の力で、強引にオーガ二体の頭を地面に叩きつけたお兄さんの姿に、自分との経験の違いを痛感する。

……だけど、そんなお兄さんの判断も決して万能ではなかった。

我に返り動き出したフェンリルの姿を見て、私はお兄さんの誤算に気付く。

お兄さんがオーガと戦っている間も、私は必死にフェンリルまでの距離を詰めていた。

しかし、その僅《わず》かな間では、まだフェンリルに辿《たど》り着くことができていない。

私の到着を待つわけもなく、フェンリルが再び動き出す。

「お兄さん……！」

私は咄嗟《とっさ》に声を上げる。

けれど、魔道具を取り出そうとしているお兄さんに、私の声は届かない。

「Fi――――――i！」

決定的な隙を晒《さら》すお兄さんへと、フェンリルが爪を向ける。

お兄さんが全力で転がったのは、その爪がお兄さんが立っていた地面を抉《えぐ》る寸前だった。

なんとかお兄さんが爪を避けたことに安堵《あんど》する。

同時に、もう次がないことを私は悟らざるを得なかった。

お兄さんの動きは、明らかに万全の状態ではなかった。

《ヒール》を唱えることができれば別かもしれないが、先ほどの動きを見ている限り、もうお兄さんにフェンリルの攻撃を避けられるだけの余力が残っているとは思えない。

必死に走り続けていたおかげで、私とフェンリルまでの距離はかなり縮まっていた。

けれど、走りながら私は悟る。

このままでは、私が辿《たど》り着く前にフェンリルの爪がお兄さんの身体を引き裂いてしまうと。

フェンリルまでの、数十メートルが遠い。

――だからといって、諦められるわけがなかった。

酸欠か疲労かそれとも焦りか、狭まっていく視野の中、フェンリルの動きがなぜかゆっくりに見える。

そして私の頭の中をこれまでの戦いの軌跡《きせき》がよぎる。

自分がリッチに狙われることを覚悟で、私にお兄さんを助けにいけと言ったジークさん。

ジークさんは、迷わずお兄さんを助けるための行動を取っていた。

私のように、お兄さんが諦めていないことに気付いていたわけではないだろう。

お兄さんが生きていると信じて自分の身を危険に晒《さら》しながらも私に道を作ってくれた。

そして、よく分からないがなぜかハンザムも助けてくれた。

なぜ助けてくれたのかは、分からない。

けれど、なぜかハンザムもお兄さんを救おうとしていたように思える。

なにより、先ほどお兄さんへと告げた言葉が、諦めることを許さない。

頼れる女、それが慢心から生まれた言葉だなんて、もう散々思い知らされた。

それでも、お兄さんがここまでお膳立てしてくれたなら、せめてそれには応えたかった。

私は、お兄さんの相棒になると決めたのだから。

間に合わないと知りながら、疲労を感じる身体を引きずりながら、私は全力で走る。

——ナルセーナ、君のスキルはたしかに強力だ。

ふと、ロナウドさんに修業をつけてもらっていた時の言葉が蘇ってきた。
極限状態だからか、漠然《ばくぜん》としか覚えていなかったその光景が、なぜか鮮明に思い出せる。

――だからこそ、君は素の肉体を鍛えた方がいい。スキルはたしかに強力な武器だが、それ自体が成長することはない。あくまで、スキルの扱い方を改善することでしか人間は成長できない。

ロナウドさんとの修業は、ひたすらに身体を鍛えることだった。
かなりきつい鍛錬ではあったけど、私は身体を動かすことにも才があったらしく、ロナウドさんに褒められたこともあった。
だけど、私には一つだけ教えてもらってもできないことがあった。

――惜しいな。君なら、これもできてはおかしくないと思っていたが。……いや、そう簡単にできることではないか。素養のある人間しか身体強化なんてできるはずがない。簡単にやってのけた、あの治癒師の少年がおかしかっただけだな。

きっかけさえ分からず困惑する私に告げたロナウドさんの言葉が脳裏に響く。

──スキルなしで身体強化を扱えるようになれば、君なら超一流冒険者と同じ能力を発揮できるだろうに。


きっかけさえ分からなかった力。

けれど、今はそんなこと言ってられない。

「……それしかないなら」

やるだけ、の話だから。

もうすでに全力の上から、私はさらに身体強化する。

いや、しようとしているだけで、本当にできているわけじゃない。

それはあまりにも無茶苦茶な方法だ。

それでも私は、身体強化を成功させる自信があった。

──なぜなら、迷宮都市に来てからのこれまでずっと、私はその手本を見ながらすごしてきたのだから。

――簡単にやってのけた、あの治癒師の少年がおかしかっただけだな。

私に教える中、ロナウドさんが呟《つぶや》いた言葉。

当時は気にもしていなかったが、今の私にはそれが誰だか容易に分かる。

私との約束のため、必死に鍛えていたお兄さんだと。

お兄さんがラルマさんに師事してもらったのは、たった四ヶ月だったはずだ。

にもかかわらず、数年かけても私ができなかったことを成し遂げたお兄さん。

それでも、お兄さんは欠陥治癒師のままだった。

どれだけ鍛えても、《ヒール》以外使えなくて。

でも、諦めなかったからこそ、お兄さんはこんなにも強いのだ。

全てを注ぎ込むように身体強化をしながら走っていると、徐々に自分の身体が加速していくことに気付く。

自分が成長していることを感じる。

だからこそ、お兄さんの背中があまりにも遠いことに気付き、苦笑する。

「……遠いなぁ」

自分が一歩進むごとに、お兄さんとの差を見せられるような気がする。

本当に、一体いつ追いつけるか想像もつかない。

それでも、諦めないと決めたから、私は走る。

いつか、絶対に隣に立つと決めたから。

「だから、死なせない」

気付けば、フェンリルまでの距離は、あと僅《わず》かになっていた。

私の身体は蹴りの準備に入る。

寸前、フェンリルが私に気付くが、もう遅い。

「お兄さんから、離れろ！」

私は渾身《こんしん》の蹴りをフェンリルの身体へと叩き込む……。

第57話　第一次城壁防衛戦Ⅷ

「Fiiーーーーーーーーiiii！」

戦場を貫くような悲鳴を、フェンリルが上げる。

フェンリルから少し離れた位置に着地した私は、密かに拳を握りしめる。

なんとか間に合ったと安堵《あんど》して。

「……よかった」

足に残る余韻《よいん》を感じながら、私は確信する。

あの一撃は間違いなくフェンリルの芯に響いたと。

これで、フェンリルの意識をお兄さんから引き離すことができた。

いくらフェンリルでも、私から注意を背けることなどできはしないだろう。

そう私は笑って……拳をフェンリルへと向けて構えた。

「今からが本番、ね」

ゆっくりと、痛みに悶《もだ》えていたフェンリルが顔を上げる。

その目に浮かぶのは、炎のような憎悪だった。

「Fi────!!」

咆哮《ほうこう》と同時に、フェンリルが私へと牙を剝《む》く。

フェンリルの巨体が私へと迫る。

だが、その牙が私の身体を貫く寸前、私はなんとか横へと飛び退くことに成功する。

だが、その牙が私の肌に赤い線を刻む。

ギリギリ、牙を避けることに成功したが、私に安堵《あんど》する暇は与えられなかった。

「Fi───i」

まるで私が避けることを想定していたかのように、フェンリルの爪が私を襲う。

牙を避けた直後のまるで想像していなかった攻撃を私は避けられない。

咄嗟《とっさ》に、手甲に守られた両腕を前に交差させながら、全力で後ろへと跳ぶ。

「……っ！」

オーガなど比にならない力を手甲に受けた私は、大きく後ろへと吹き飛ばされていく。

咄嗟《とっさ》に後ろに跳んだおかげか、ダメージはそれほどない。

それでも衝撃を殺し切ることはできなかった。

あえて地面を自ら転がり距離を取る。

「強すぎる……！」

オーガどころか、変異したヒュドラさえ、優に超えるその力を目の当たりにして思い知る。

圧倒的な力は、それだけで大きな脅威なのだと。

なんとか距離を取って立ち上がる。

立ち上がった私を見てフェンリルも動き出すが、その動きがお兄さんと対峙していた時より明らかに鈍い。

私の一撃は、間違いなくフェンリルに大きなダメージを与えている。

「手負いで、これ？」

なのにフェンリルは、まだこれだけの力を発揮する。

お兄さんはこんな魔獣を相手にしていたのか。

気付けば、私の顔は引き攣《つ》っていた。

「Ｆｉ――――ｉ！」

フェンリルは、咆哮《ほうこう》と共に動きだす。

フェンリルの巨体が迫ってくる。

これは、今までの自分では相手にできない存在だ。

おそらくお兄さんと一緒なら、勝てる。

でも今は、お兄さんを守るための戦い。

大きな傷を負ったお兄さんを頼りにすることなど、できはしない。
私一人で、フェンリルを止めなくてはならない。
そう理解した私は——笑いながら、拳を前に構えた。
「来なさい」
それを挑発と考えたのか、フェンリルの顔に浮かぶ憎悪がさらに激しくなる。
だけど私が、そんなものに気圧されるはずはなかった。
たしかに今までの私……数分前の私なら話は別だったかもしれない。
けれど、私はこれまでの自分とは違う。
私は自らフェンリルへと走り出す。
「Ｆｉ——ｉ」
フェンリルの目に驚愕《きょうがく》が浮かぶ。
だがそれは一瞬にも満たない間のことで、すぐにフェンリルの目に呆《あき》れの色が浮かぶ。
向かってくる私を、愚《おろ》かだと嘲《あざけ》るように。
だが、そんなフェンリルの態度に私が心を揺らすことは一切なかった。
ただ真っ直ぐに拳を握り締め、フェンリルへの距離を詰める。
フェンリルの爪と真っ向から打ち合えば、自分の手は手甲もろとも潰されるだろう。

だが、私は一切躊躇《ちゅうちょ》することなく、フェンリルの爪へと、強く握りしめた拳を叩きつける。

その直後、悲痛な悲鳴をあげることになったのは……フェンリルの方だった。

「Ｆｉｉｉ――――ｉ‼」

爪を血に染め、狼狽《うろた》えるフェンリルに、無事な手を見せつけながら私は笑う。

以前ヒュドラと戦った時とほとんど同じようにフェンリルにカウンターを叩きつけたのだ。

カウンターは、相手の攻撃に合わせて攻撃しダメージを上げる。

とはいえ、フェンリルとまともに打ち合えば、私の腕も持たない。

だから私は、以前ヒュドラと戦った時とは違い、真っ向から迎え撃つのではなく、フェンリルの爪を横から叩いたのだ。

武闘家の打撃透過の能力を使って。

結果、フェンリルは爪ではなく、それを支える指を大きく破損することになった。

爪をつたって地面に零れ落ちていく出血量から見るに、フェンリルはまともにその足を動かすのさえ辛いだろう。

それを見ながら、私は小さく呟《つぶや》く。

「ロナウドさんの言ってた通り、か」

――スキルを介さずに身体強化できるようになれば、その身体能力がスキルで強化される。新たに身体強化のスキルを得たかのように動ける、そう言っても過言ではないよ。

私は今、スキルを重ねがけしたように動く自分の身体に、かつてのロナウドさんの言葉を実感していた。

爪を破壊されたフェンリルの姿を見ながら、改めて私は確信する。

自分の判断は間違っていなかったと。

「今の私は、数分前の私と別物だから」

そう呟《つぶや》くと、私は憎しみを湛《たた》えたフェンリルの目を真っ向から見つめ返す。

「Ｆｉ――ｉ」

怒りからかフェンリルの身体を覆《おお》う威圧感が増す。

だけど私には、その態度が虚勢《きょせい》にしか見えなかった。

私だって、決して万全なわけではない。

ここまで走ってきたせいで呼吸もまだ整ってない上、守らねばならない人がいる。

ダメージが多いのか、いまだお兄さんは先ほどの場所から動けていない。

それでも、ここまで弱ったフェンリルに負けるとは思わなかった。

「お兄さんから気を逸《そ》らさない限り、私の方が有利」

お兄さんにやられたと思わしき折れた爪と、いまだ出血を続ける爪を見ながら私はそう確信する。

二つの前足が使い物にならないその状態では、フェンリルも爪で攻撃なんてできないだろうと。

故《ゆえ》に私は、自分へと向けられた爪を目にして反応が遅れた。

「F・i・i――――――i・i‼」

「嘘《うそ》！」

それでもなんとか転がってフェンリルの爪を避ける。

そして顔を上げると、地面を強く抉《えぐ》ったフェンリルの爪からは、さらに強く血が吹き出ていた。

爪からどんどんと流れ落ちていく血は、地面に血だまりを作っていく。

にもかかわらず、フェンリルは一切爪に気を払っていない。

「F・i・i―i」

決してダメージがないわけではない。

魔獣だって痛みを感じることは知られている。

なのにフェンリルは、まるで傷ついた爪をいたわる様子がない。
一直線に自分を見つめるその目に、私は思い違いをしていたことに気付く。
「……っ！」
状況的に私の方が有利だと、そう思っていた。
その考えをフェンリルも抱いていると思っていた。
……しかし、違った。
ぎらぎらと輝くフェンリルの目はこう語っていた。
——今の状況は自分の方が有利だと。
そして、フェンリルの猛攻が始まった。

第58話　第一次城壁防衛戦IX

「Ｆｉ――――ｉ！」

フェンリルの死力が込められた爪が私の身体を引き裂かんと振り下ろされる。

一撃、たった一撃でも受ければ私の死は避けられない。

その確信があったからこそ、私は死に物狂いでフェンリルの爪を避ける。

「Ｆｉ―ｉｉ！」

私の身体から逸《そ》れたフェンリルの爪から、血が吹き出し、フェンリルが苦痛の声を漏《も》らす。

お兄さんが傷付けたであろう爪からも血が溢《あふ》れ出し、両方の前足が血でべったりと染まっている様は、相手が魔獣であると分かっても痛ましさを覚えてしまいそうな有様だ。

怪我をした爪での強引な攻撃は、フェンリルにとっても大きな負担がある。

それでもフェンリルは、爪が傷つくのを無視し、痛みに耐えながら激しい攻撃を繰り広げてくる。

それを私は、身体強化を最大限活用して必死に避けていく。

だが、フェンリルの爪や牙を避ける度、私は分かってしまう。

こうして攻撃を避けられるのは、あと幾ばくかの間でしかないことを。

「はぁ、はぁっ」

休ませてくれと訴えるように痛む肺を無視し、私はフェンリルを睨《にら》みつける。

心が折れないよう、自分を奮いたたせるために。

「Ｆｉ――――ｉ！」

……そんな私を見るフェンリルの目に浮かんでいたのは嘲《あざけ》りだった。

この時になれば、私も悟らざるをえなかった。

この状況を有利だと判断した数十秒前の自分の判断が大きな間違いであったことを。

いや、正しく言えば私の判断はミスではなかったのかもしれない。

まともに戦えたのならば、私の方が間違いなく有利だったのだから。

故《ゆえ》に、フェンリルは私がまともに戦うのを許さなかった。

「Ｆｉ――――――ｉ！」

次々と繰り出される爪を、牙を、必死に私は避ける。

徐々に動かなくなってくる身体を、必死に動かし全力で抗う。

「……っ！」

しかし、避け損ねた牙が私の肩を掠《かす》り、切り傷というにはほど遠い深い傷をつけていく。

どんどんと鈍くなってくる身体に、私は唇を噛み締める。

今の状況では……このまま短期決戦が継続すれば、私は遠くない未来負けるのは確実だった。

「はぁ、はぁ」

荒い息を吐きながらも、私は必死に自分を奮い立たせようとする。

だが、自分の胸に生まれたフェンリルに対する恐れを誤魔化すことはできなかった。

オーガどころか、変異したヒュドラよりも圧倒的なフェンリルの筋力。

それこそがフェンリルの一番の脅威だと私は考えていた。

けれど、それは違った。

目の前の魔獣の脅威は、知能と執念にこそある。

走ってきた私の息が整わないのを見抜き、短期決戦を仕掛けてきた知能。

傷ついた爪を使ってでも、私を倒そうとする執念。

私は徐々にフェンリルのペースに巻き込まれていた。

◆　◆　◆

「はぁ！」

なんとかフェンリルの隙を突き、攻撃を避けると同時に距離を取る。

だがフェンリルが追い打ちをかけてこない。

代わりに、ゆっくりと後ろに……動けないお兄さんがいる方向へと下がっていく。

「F・i――i」

「……この！」

まるで私を嘲《あざけ》るように顔をゆがませるフェンリルに、私は怒りを露《あら》わにする。

ここでフェンリルの前に飛び出さなければ、お兄さんが危ない。

私を休ませないためのフェンリルの策略だと分かっていながらも、私には走り出すという選択肢しか残されていなかった。

フェンリルがお兄さんに近づかないようにするために。

私はフェンリルとの戦いのさなか、何度も距離を取って息を整えようとした。

フェンリルのダメージは決して軽くなく、うまく体力を回復しながら戦えば私の勝ちは確実だっただろう。

けれど、距離を取る私にフェンリルは追い打ちをかけてこなかった。

その代わり、お兄さんの方へと近づいていくのだ。

そう、フェンリルはお兄さんを私の脅しに使っていたのだ。

故《ゆえ》に私は、フェンリルが後ろに下がる度に前に出ざるを得なかった。

……罠だと分かりながらも。

「Fi―――――i！」

「……くっ！」

爪を、牙を、かわし、逸《そ》らし、私は必死にフェンリルと渡り合う。

スキルを介さない身体強化ができるようになったこともあり、私はまだフェンリルと戦うことができていた。

今までなら、半分以下の時間も持たずに倒れていただろう。

まだ余裕とまではいかなくても、限界ではない。

だけど、このまま戦っていても、私はなにもできずやがて死ぬだろう。

「お兄さんさえ元気だったら、こんなフェンリル……！」

今の私達なら、万全のフェンリル相手だろうと、確実に倒せた。

そう分かるからこそ、今の状況に歯痒《はがゆ》さを感じずにはいられない。

だけど、そんことを考えても無意味なことぐらい分かっていた。

お兄さんは意識があるのかどうかさえ分からない状況だ。

そんなお兄さんを守れるのは私だけ。

どれだけ不利だろうと、負けるわけにはいかないのだ。

だったら、まだ余力がある今のうちにこの状況を変えなければならない。

「……ここで賭けに出ないと」

もう一度カウンターを決めることで、フェンリルの爪を完全に使いものにならなくする。

そう、私は覚悟を決めた。

「Ｆｉ――――ｉ！」

若干だがフェンリルの攻撃からも勢いが衰えている。

この猛攻、フェンリルだってダメージがないわけではない。

そのことを私は改めて確認する。

とはいえ、この賭けがハイリスク、ローリターンなのは間違いない。

この猛攻の中、カウンターを決めるのは至難の業だ。

ミスをすれば、その時点で私の敗北は確定する。

それだけのリスクを負いながら、成功したとしても勝ちが確定するわけではない。

だけど、私がここを切り抜けるのはそれしかない。

そう覚悟を決めた時、私の目には信じられない光景が映っていた。

「……どうして！」

信じられないようなことをするその人、に対して私はそう呟《つぶや》いていた。なにを考えているのか、そう叫びたくなる。

だけど、その怒りを口にすることは私にはできなかった。

その行動がただの無茶ではないことを、私は知っていたのだから。

「……分かりました」

それでも、その行動の意味が私の信頼の上にあるのだとしたら。

今度こそ、それに応えて見せよう。

「そんなに私と全力で戦いたいなら、見せてあげる」

私がそう言うと、フェンリルの目が細まる。

今までの苦悶の表情から一転して闘気を漲《みなぎ》らせる私に、不快感を覚えたかのように。

そのフェンリルの態度さえ、心地よく感じて私は笑いながら歩き出す。

フェンリルもまた「私の顔を、すぐに恐怖でゆがめてやる」そう言わんばかりの怒気を露《あら》わにしながら、私の下へと向かってくる。

「今からが、私の全力だから」

「F――――i!!」

そして、私とフェンリルの潰し合いの幕が上がった。

The healer exiled from the party,
actually the strongest

第59話　第一次城壁防衛戦X

今まで、私はフェンリルとの戦いで全力を出していなかった。

正しく言うならば、できる限り体力の消費を少なく攻撃を避けることに専念していた。

私はできる限り体力の消耗を抑えようとしていた。

その制限を、今取り払う。

「はぁぁああ！」

私は声を張り上げると、一気にフェンリルへと襲いかかる。

急に好戦的になった私に対し、フェンリルが一瞬警戒の色を浮かべる。

だがフェンリルは、私の行動をやけになったものだと判断したのか、すぐにその顔に笑みを浮かべた。

「Ｆｉ――ｉ」

そして、私に向けて血だらけの爪を振り上げる。

そこには絶対の自信が浮かんでいた。

――それこそ、私が望んでいた行動だと気付かずに。

変異した超難易度魔獣の攻撃は、いくら身体強化スキルがあろうが、拳だけで受けられるものではない。

そんなこと、今までの経験から私は知っている。

だからこそ、最初から私はカウンター狙いで戦っていた。

なのになぜ、私の方から全力でフェンリルに向かっていったのか。

その全ては、フェンリルの攻撃を誘導するためだ。

フェンリルが大きく振り上げた爪を振り下ろそうとするのを確認し、私は走る速度を落とす。

フェンリルも、私がなにかを狙っていると気付いたようだ。

しかし、もう遅い。

振り下ろされるフェンリルの爪は、もう止まりはしないだろう。

自分の目の前を通過していく爪をみながら、私は笑う。

「今からが、私のターンだから」

今まで散々攻撃を受けていた私には、爪の軌跡《きせき》を想像するのは容易なことだった。

その爪の軌跡《きせき》に合わせて回避することや――爪に合わせて攻撃することも、また。

「はぁぁあ！」

フェンリルが爪を振り下ろしたタイミングに合わせ、私は蹴りを繰り出す。

爪の側面に当たった蹴りは、衝撃を通過してフェンリルの前足をさらに破壊していく。

「F：i：i：i────：i‼」

フェンリルが悲痛な声を上げながら、爪を庇《かば》うように地面に転がる。

そのフェンリルの姿に、私は小さく笑みを浮かべる。

「……っ！」

けれど、私が笑みを浮かべていられたのは、フェンリルの目を見るまでのことだった。

爪から多量の血を流し、痛みに悶《もだ》えるフェンリルだが、その目には弱まることのない憎悪の炎が燃えていた。

そして、その憎悪の炎の中には私に対する嘲《あざけ》りが浮かんでいた。

……フェンリルの爪を、完全に無力化することはできなかったようだ。

「しぶとい！」

思わず悪態をついた私と対照的に、フェンリルは嘲《あざけ》りの表情を深める。

お前の目論見《もくろみ》は回避したぞ。

そう言いたげに。

だけど私は、動揺を押し殺し、再びフェンリルへと走り出す。

「F：i：i⁉」

私の目論見《もくろみ》を防いだと思っていたからこそ、その直後に一切迷わず動き出した私に対し、フェンリルは動揺が隠せていない。

その態度こそが、致命的な反応の遅れを招くことになるとも気付かずに。

「だから、言ったでしょ」

フェンリルの爪を無力化できれば最善だったのはたしかだ。

けれど、フェンリルの爪の無力化は私の一番の目的ではない。

――あのカウンターの真の目的は、私が攻勢に出るための隙を作ることなのだから。

「言ったでしょ。今からが、私のターンだって」

慌ててフェンリルが、私から距離を取ろうとする。

だが、遅い。

私はすでにフェンリルの身体を攻撃範囲に捉《とら》えていたのだから。

そして、私の猛攻が始まった。

「はぁぁあああああ！」

「Ｆｉ――――ｉ！」


猛攻から一秒経過。

私は後など考えず、全力でフェンリルに攻撃を叩き込んでいた。

拳、蹴り、膝、肘。

ロナウドさんから教えてもらった攻撃を、ここぞとばかりにフェンリルの身体に叩き込む。

一方のフェンリルは、傷ついた前足を必死に動かし、私の攻撃から身を守っていた。

激痛が身体を蝕《むしば》んでいる様子だが、それを気にする余力さえないのだろう。

必死に雄叫びを上げながら、私の猛攻に耐えようとしている。


猛攻から三秒経過。

フェンリルの前足は血みどろという言葉さえ、追いつかない状態になっていた。

そんな爪へと、私はとにかく攻撃を繰り出す。

もはや私は、攻撃の威力など考えていない。

とにかく攻撃することだけに専念する。

一つの攻撃ではフェンリルの身体に大きなダメージを与えることはできないが、反撃できない状況に追い込むために全力で攻撃を続ける。


猛攻から五秒経過。

「F:i:i:i……!」

一撃一撃は弱いとはいえ、武闘家の透過スキルが合わさった攻撃を何度も受けるうち、フェンリルが苦痛の呻《うめ》き声を漏《も》らし始める。

しかし、フェンリルはまだ諦めていなかった。

フェンリルは苦痛に顔をゆがめながらも、必死に私の攻撃を傷ついた爪で耐えようとする。

そんな中、私とフェンリルの目が合う。

そのフェンリルの目は、真っ直ぐ私を射貫いていた。

お前も限界なんだろう、とでも言いたげに。

「はぁっ、はぁっ」

……少し前から、荒い息が止まらない。

私に残された体力は多くはない。

肺が苦しく、酸欠のせいか視野が狭まる。

身体強化を最大限使えるようになったことで、私の肺活量も持久力も上がっていた。

だが、それももう限界だった。

腕が鉛のように重い。

それでも、あと少し。

もう少しで、フェンリルの前足を突破することができる。

ここで諦めるわけがなかった。

本当に最後の最後。

私は雄叫びを上げる。

「はぁぁ、ぁぁあああ‼」

「Ｆｉｉｉ‼」

私の決死の拳に、フェンリルがさらに悲痛な叫びを上げる。

それでも、必死にフェンリルは抗ってくる。

ここを耐えれば自分の勝ちだと、そう知るからこそ。


猛攻開始から七秒経過。

「Ｆｉｉｉｉ――ｉ⁉」

とうとうフェンリルに隙ができる。

前足の動きが鈍り、フェンリルの胴体ががら空きとなる。

ようやく訪れた、待ち望んでいた瞬間。

フェンリルの腹部へと私は全力で拳を叩きつける。

「Ｆｉｉ」

フェンリルの口から血が一筋流れ——そこで私は限界を迎えた。

「ひゅう」

フェンリルを殴った体勢のまま、私は膝から崩れ落ちる。

「はっ、はっ、はっ」

空気を求め、必死に喘《あえ》ぐことしかできない私に、もうできることはなかった。

もはや、腕一本さえ動かせる気がしない。

「Ｆｉ——ｉ！」

そんな私を見たフェンリルは、勝ち誇るように小さな咆哮《ほうこう》を上げた。

ゆっくりと口を開き、鋭い牙を露《あら》わにする。

だがフェンリルは、しばらく動かなかった。

まるで私に余力がないか確認するように、ぎらついた目でこちらを見てくる。

その時、確実にフェンリルは勝利を確信していた。

間違いなく、もう自分が負けることはないとそう思い込んでいた。

その思いをフェンリルが隠そうともしなかったからこそ——私は笑わずにはいられなかった。

「ふ、ふふ。ああ、おか、しい」

まだ息が整っていないせいで、笑うだけでも辛い。

なのに、私は笑いを堪《こら》えられない。

自分が圧倒的に不利だと気付かないフェンリルが、どうしてもおかしくて。

笑う私に対し、フェンリルの目に不機嫌さが浮かぶ。

その姿に、私はフェンリルがまだ分かっていないことを知る。

今までの私の攻撃の全ては、ただの布石でしかなかったことに。

「ごめん、そしてありがとう。ナルセーナ」

——そのことにフェンリルが気付いたのは、背後から声が聞こえたその瞬間だった。

「Ｆｉｉ——ｉ?」

フェンリルが目を見開く。

その目がなにより雄弁に、フェンリルの困惑を物語っていた。

なぜ、お前の声が聞こえるのか。

あれだけ傷ついていたはずのお前が、どうして動けるのか、そう言いたげに。

フェンリルの顔に浮かぶ悲痛な表情は、フェンリルが今になって自分の失態に気付いたことを示していた。

そう、フェンリルは私に専念していてはいけなかったのだ。

本当に注意せねばならなかった敵が誰なのか。

ようやく気付いたフェンリルへと、私は笑う。

「残念。私は、囮なの」

フェンリルの後ろに人影が見える。

それは、血だらけの状態でありながら――それでも短剣をしっかりと握りしめたお兄さんの姿だった。

第60話　第一次城壁防衛戦XI

ようやく、この時が来た。

フェンリルまでの距離をつめながらも、僕、ラウストは笑っていた。

一歩歩くだけで、身体は激しい痛みを訴えてくる。

この状態では、フェンリルの無造作な一撃さえ、避けることはできないだろう。

今フェンリルに気付かれれば、僕はろくな抵抗もできず、あっさりと死ぬだろう。

それを理解しながらも、僕は気負うことなくフェンリルへと歩いていく。

フェンリルが自分の方を見るなんてありえない、僕はそう知っていた。

フェンリルは、僕が動けるなんて夢にも思っていないだろう。

倒れてからしばらく、懐《ふところ》の《ヒール》の魔道具を使わず、動けないように振舞っていたのが功を奏したか、と僕は笑みをさらに深くする。

あの時点で《ヒール》を使えば、フェンリルを倒せる機を逃す。

そう考えた自分の判断は正しかったらしい。

だが、フェンリルが自分から意識を逸《そ》らした一番の理由を僕は知っていた。

――頼りになる相棒が完全に注意を引いてくれるからだと。

フェンリルとのぎりぎりの戦い。

一回も助けに行こうとしなかったと言えば、嘘《うそ》になる。

だけど僕はナルセーナなら大丈夫だと信じていて――その信頼に頼りになる相棒は応えてくれた。

彼女がこうして動いてくれなければ、僕の企みが成功することはなかっただろう。

今もなお、彼女とフェンリルの激しい戦いは続いている。

状況だけ見れば、フェンリルの方が押されているように見える。

しかし、息を荒らげる武闘家の姿を見れば、本当に優勢なのはフェンリルだと分かる。

それを知っているからか、フェンリルには余裕があった。

猛攻に対し、冷静さを失わずに対応している。

あと数秒で勝利。

その確信が、フェンリルの目に浮かんでいた。

――勝利を匂わせ、自分だけに注目させることがナルセーナの狙いだと気付かずに。

フェンリルは知らないだろう。

ナルセーナが猛攻をはじめたのは、僕と目が合った直後。

僕の狙いを悟ってくれたからだということを。

ナルセーナはどれだけうまくことが進んでも、フェンリルに勝てるなんて思っていない。

それでもナルセーナが攻撃の手を止めないのは、他に目的があるからだ。

ナルセーナの猛攻に応えてしまった時点で、フェンリルは彼女の手のひらの上なのだから。

「はっ、はっ、はっ」

とうとう限界を超えたナルセーナが地面へと崩れ落ち、勝利を確信したフェンリルが笑う。

――ナルセーナが、もう目的を達したことに気付きもせずに。

その時、すでに僕はフェンリルのすぐ後ろにいた。

短剣の間合いに、フェンリルの巨体を捉《とら》えていた。

「ごめん、そしてありがとう。ナルセーナ」

「Ｆｉｉ――ｉ⁉」

今さら背後の存在に気付き、身体を震わせるフェンリルを見ながら、僕は思う。

ナルセーナにどれだけ救われてきたのだろうと。

また今回も、頼りになる相棒として、ここまで状況を整えてくれた。

ここまでしてもらったのだから、僕だって少しぐらい期待に応えなければしまらない。

一時は収まっていたはずの額の疼きを感じながら、僕は振り返ったフェンリルへと、短剣を振り下ろす。

僕に残された余力はたった一撃。

しかし、それで十分だ。

「はぁぁあああああああ！」

「Ｆｉｉ――――――ｉｉｉｉ‼」

短剣が迫ることに気付いたフェンリルが、驚異的な反応速度で必死に僕が折った爪を捩《ね》じ込んでくる。

しかし、もはやその抵抗も無意味だ。

僕の振り下ろした短剣は、簡単にフェンリルの爪を砕き、勢いを失うことなくフェンリルの身体へと届く。

そして、その短剣は深々とフェンリルの身体に突き刺さる。

「Ｆｉｉｉ」

身体から、おびただしい血を流しながらフェンリルが、憎悪の炎に燃える双眼で僕を睨《にら》む。

だが、それがフェンリルにできる最後の抵抗だった。

短剣を引き抜くと、ぐったりと力をなくし、フェンリルの身体が地面に横たわる。

それが、フェンリルの最後だった。

◆　◆　◆

憎しみの炎に燃えていたその目から、光が消えていく。

フェンリルの死を僕が確信したのは、その時だった。

快勝なんて口が裂けてもいえないけれども、フェンリルを倒すことができた。

フェンリルを倒せたという安堵《あんど》か、それとも身体の限界が来たからか、突然身体に襲いかかった痛みと倦怠感《けんたいかん》に、僕は思わず膝をつく。

「お兄さん……！」

ナルセーナの声が聞こえる。

そのナルセーナの声に反応する余裕さえ僕にはなかった。

「……まだ意識を失うなよ」

周囲から聞こえてくる怒号に、僕は血が滲《にじ》むほど拳を握りしめ、意識を保とうとする。

たしかに、フェンリルは倒せた。

それが大きく戦況を左右することは間違いない。

それでも、まだ戦いは終わっていない。

ここで戦線離脱する訳にはいかない。

そう判断した僕は、いまだ身体に突き刺さっているオーガの短剣を強引に引き抜く。

「……っ！」

叫んでしまいそうな痛みが頭を貫き、意識を覚醒させる。

動きの鈍い身体に鞭《むち》を打って、僕はなんとか魔道具を複数取り出す。

その際、掴み損ねた魔道具が地面にばらけるが、それに気を回す余裕は僕にはなかった。

「《ヒール》、《ヒール》」

必死に意識を保ちながら、僕はナルセーナ、それから自分へと《ヒール》を唱える。

「間に、あったか」

身体の傷が治癒されていく感覚に、僕は息をついた。

さすがに傷つきすぎた今の状況では、すぐに戦闘ができはしない。

だが、少しすれば動けるはずだ。

そう考えながら立ち上がろうとして——目の前に地面が広がったのは、次の瞬間だった。

「あ、れ？」

一瞬、僕はなにが起きたのか分からなかった。

一拍の後、自分が前のめりに倒れたことを僕は悟る。

バランスでも崩したのか、そう考えながら僕は地面に手をつこうとして……その時になってようやく気付く。

なぜか、自分の身体に力が入らないことに。

「――――！　――――！」

なんとか顔を上げると、顔をゆがめたナルセーナがなにかを叫んでいた。

にもかかわらず、なにを言っているのかさえ認識できなくて。

「どう、いうことだ？」

……自分の身体が、あまり回復していないことに僕は気付くがなぜこんなことが起きたのか、理解できなかった。

たしかに今回の僕の負った傷は、これまでと比べても重い。

だが、《ヒール》が発動したならば、少しは動けるようになるはずだ。

今まで、《ヒール》を何千回と扱ってきた僕の経験がそう告げる。

だけど、そんな僕の考えに反して身体がまったく動かない。

そして、思考さえも眠気に飲み込まれていく。

「くそ……」

僕は眠気に必死に抗おうとする。

動かない身体に鞭《むち》を打ち、地面に散らばる魔道具へと手を伸ばす。

まだ、戦いは終わっていない。
ここで意識を失ってたまるか、そう必死に魔道具を摑む。
しかし、そう自分を奮い立たせてられたのも、少しの間だけだった。
なんとか魔道具を摑むも、もう僕には《ヒール》を唱えるだけの余裕はなかった。
突如、地面が大きく震えたのは、そんな時だった。
「……っ！」
もう半分も開かない目をその振動の方へと、僕は向ける。
そこにいたのは、地面に横たわるグリフォンの巨体だった。
片方の羽が切り落とされており、身体中傷だらけの状態だ。
そして、その巨体の上には光る魔剣を手にしたロナウドさんが立っていた。
――そうか、ロナウドさんもグリフォンを片付けたのか。
そう悟った瞬間、必死に意識を保っていた力が抜ける。
そして、僕の目の前は暗転した。

The healer exiled from the party,
actually the strongest

第61話 防衛戦の被害

「お前は本当に弱いな。私ならこの程度、片手で倒せるぞ」

そう言って、その人は呆《あき》れたように笑う。

それは少なからずプライドを刺激する態度ではあったが、僕はその言葉を黙って聞いていた。

なにせ、その人の言葉は間違いない真実なのだから。

迷宮の床に転がりながら、僕は顔をゆがめる。

顔を横に向ければ、すぐ近くに隻腕《せきわん》のホブゴブリンの死体があった。

もちろん、僕が倒したものではない。

それどころか、僕は一切手も足も出せずこのホブゴブリンに殴られていた。

助けられなければ、死体になっていたのは僕の方だろう。

ホブゴブリンの腕が片方切り落とされていたことを考えれば、僕がどれだけ弱いか分かるものだ。

だが、それでも。

いや、だからこそ、僕には一つの不満があった。

「……比べないでくださいよ」

黒いローブで隠された顔を見上げながら、僕は小さく不満を漏《も》らした。

僕が弱いなんて分かりきっているのに、この人は一々自分と比べようとする。

……素の身体能力で、オーガに力勝ちするくせに。

だけどその人は、僕の言葉をまったく意に介さなかった。

「なにを甘いことを言っている、ラウスト？　同族の中で私の身体能力は、一番弱いのだぞ」

「だからなんなんですか、その同族って？　僕は人族ですよ」

「まあ、いずれ分かる。お前にはまだ早い」

そう言うと、その人は僕に「同族」の意味を教えてくれなかった。

意味ありげな言葉だけ繰り返すくせに、その人は決して肝心なことを教えてくれない。

それを知っている僕は、不満を覚えながらも黙る。

どれだけ頼んでも、これ以上教えてはくれないと知るからこそ。

ただ、この日だけは少し違った。

いつもなら、終わっていたはずのところで言葉を切らなかった。

「ただ一つだけ言えるとすれば、諦めるなよラウスト」

まるで未来の僕へと向けるような、力強い言葉だった。

「弱くても折れるな。必死にあがき続けろ。そうすれば、いずれ全てが分かるだろう」

そう言って、その人は顔を隠すローブを僅《わず》かに上げる。

倒れていた僕の目に、ローブの下に隠された顔が露《あら》わになる。

艶やかな黒い長髪に、誰もが絶世の美女というような整った顔。

そして、額の部分に描かれた目のような刺青《いれずみ》と、その中央から突き出た黒い硬質な突起物――角が。

「お前の成長を待っているぞ、最後の戦士よ」

その言葉を最後に、僕の目の前に広がる光景が暗転した……。

◆　◆　◆

目を開けると、目の前に広がっていたのは、灯りの魔道具によって照らされた天井だった。

それがギルドの天井だと僕は気付く。

天井をぼんやりと見上げながら、夢の内容を思い返す。

角の生えた女性と、まだ少年だった頃の自分。

目を閉じれば、鮮明に思い返すことができる。

その夢は、眠っている間の空想だと断言するにはあまりにもリアルだった。

そう、実際に経験したことがあると言われても、信じてしまいそうなほどに。

そんな記憶など存在しないのに。

まるで、生き別れの家族にでも出会ったかのように、親しみを感じてしまうあの人は一体誰なのだろうか。

「ああ、そうか」

ふと、僕はその声に対する既視感の理由に気付く。

「あの時、聞こえた声なのか」


――私達の身体は無駄に頑丈なんだ。


フェンリルとの戦闘中。

捨て身の攻撃を決意し、死の淵に瀕した際思い出した言葉。

それを教えてくれたのが、あの女性なのだ。

「……っ！」

そのことに思い至ったのと、今の状況を僕が思い出したのは同時だった。

フェンリルとの死闘。

フェンリルを倒した後、ロナウドさんがグリフォンを倒したのを見届けると僕は意識を失った。

そのことを思い出した僕は、身体の痛みを無視し強引に上半身を起こす。

「ナル、セーナ？」

僕のベッドの端《はし》、うつ伏せにもたれかかっている青い髪に気付いたのは、その時だった。

「……ん、あ」

僕が動いた衝撃か、ナルセーナは寝心地悪そうに身動《みじろ》ぎをし、薄く目を開く。

「おにぃさんっ！」

そして、上半身を起こした僕の姿を目にした瞬間、飛び起きた。

「いつの間に起きて……。ちがっ、それよりも傷の具合は……！」

驚きと安堵《あんど》、そして心配でころころと表情を変えながら、ナルセーナが椅子から勢いよく立ち上がる。

そんなナルセーナに気圧されながらも、僕は咄嗟《とっさ》に口を開いた。

「お、落ち着いてナルセーナ。僕は大丈夫。ほら」

そのことを示すように、僕は斬られた方の腕を回してみせる。

……瞬間、まだ治りきっていなかったのか痛みが走るが、顔には出さない。

「嘘《うそ》、あれだけの怪我をしていたのに？」

無理をした甲斐もあり、ナルセーナが少し落ち着いたのか、椅子に力なく座る。

それを確認して、僕は口を開いた。

「まあ、これくらいの傷は日常茶飯事だったから。……それよりも、今どういう状況なのか教えてもらっていい？」

ロナウドさんがグリフォンを倒したところを見ている僕は、最悪の事態にはなっていないと思っている。

しかし、あの時点でまだ戦いは終わっていなかったし、ナルセーナと戦っていたリッチ達がどうなったのかも分かっていない。

もし、街の人達に被害が出ていたりなんてすれば、僕は悔やんでも悔やみきれない。

そんな僕の内心を察したのか、ナルセーナは慌てたように口を開く。

「あ、はい。そうですよね、お兄さんは今まで寝てましたもんね」

そう言うとナルセーナは、ロナウドさんがグリフォンを倒したところから一体なにがあったのかを教えてくれた。

ロナウドさんがグリフォンを倒したところで戦闘は終わったらしい。

というのも、僕達がフェンリルを倒した時点ですでにオーガやリッチは倒されており、グリフォンを倒した後は、すぐに城壁内に戻っただけだったらしい。

「そのおかげでお兄さんをすぐにライラさんに見せることができたんですが……ライラさん曰く、あと少しでも遅ければ、命が危なかったと」

ナルセーナの心配の理由を悟った僕は、気まずげに目を逸《そ》らす。

たしかに無理をしたとは思っていたが、そこまで酷いことになっているとは思わなかった。

そして僕の頭に浮かぶのは、気を失う前に直面した異常、《ヒール》についてだった。

あの時、体験したことは本当のことだったのか？

今まで、《ヒール》の効果が落ちるなんてはなかった。

僕の扱う《ヒール》は、魔道具を使って効果を発揮している。

魔道具に問題があったならば話は別だが、それ以外の要因で《ヒール》の効果が落ちるなどありえない。

「……きちんと、魔道具も手入れしていたよな」

ベッドの脇に置かれた魔道具を確認しながら、異常がないことを確認する。

だとすれば、あの出来事は極限状態であった自分の妄想だったのか？

考え込んでしまった僕を心配するように、ナルセーナが口を開く。

「《ヒール》が普段のように使えないほど魔道具が消耗していたのなら、お兄さんの方を先に治療して欲しかったです」

その言葉に、僕は思わずナルセーナの顔を見返していた。

「……ナルセーナにかけた《ヒール》の効果も低かった？」

「え？　はい。いつものより効果が薄かった気がしたんですが……」

僕だけではなく、ナルセーナも《ヒール》の効果の低さを感じていた。

僕の思い違いではなかった。

フェンリルとの戦いの際、むず痒《がゆ》さを感じた額に手をやる。

《ヒール》の効果の低下の理由として、僕が唯一思いつけたのはあの時の異常な感覚だけだった。

なにがあったのかは分からないが、あの時の感覚と関係があるのだろうか。

……だが、いくら考えても答えは出てこない。

今ここでどれだけ考えても、時間の無駄だろう。

考えることをやめた僕は、心配そうにこちらを見るナルセーナへと口を開く。

「ごめん、大丈夫。話の続きをお願いしていい？　冒険者達の被害は……」

わぁ、という大人数の歓声。

それが響いてきたのは、僕がその言葉を告げようとしたその時だった。

その騒ぎが祝杯であると理解した僕は、苦笑混じりでナルセーナに告げる。

「……うん。祝杯をあげられる程度には、元気そうだね」

「はい。被害がなかったわけじゃないんですが、それでもロナウドさん曰く、思っていたよりかなり少ないそうです」

そう言って、ナルセーナが教えてくれた冒険者の死者は三十人ほどだった。

決して少ない人数ではない。

だけど、迷宮暴走に加え、超難易度魔獣が二体も現れたことを考えれば、少ないといえるのかもしれない。

「たしかに、かなり少ないかもしれないね」

迷宮暴走によって翻弄《ほんろう》される冒険者の姿を見ていた僕は、思わずそう呟《つぶや》いていた。

あの時、冒険者達は混乱状態にあったはずだ。

そんな状況で、死者が数十人というのは、たしかに被害が少ないと言える。

迷宮暴走によって強化された魔獣達が相手ならば、下手すれば百人、いや二百人を超える死者が出てもおかしくない。

それがこんな被害で抑えられた要因として僕が思いついたのは、二人の人間だった。

「アーミアと、ライラさんのおかげ？」

魔法に関する才能は間違いなくトップレベルのアーミアと、王都で一流と呼ばれるパーティーに入っていたライラさん。

あの状況を打開できたのは、この二人以外考えられない。

「違います」

だが、その僕の判断をナルセーナは否定した。

「あの二人が目覚ましい活躍をしたのは間違いないのですが、冒険者を守った最大の功労者は別の人間です」

「え？」

想像していなかったナルセーナの答えに、一瞬言葉が詰まってしまう。

「ミストとハンザム、あの二人がいなければ、もっと被害は大きくなっていた、とロナウドさんが」

ナルセーナから告げられた言葉は衝撃的なものだった。

「……ミスト達が？」

「はい」

驚きを隠せない僕に、ナルセーナはミスト達の功績を教えてくれる。

ミストが、ワームが現れた際の冒険者達の混乱を抑え、城壁に戻るまでの殿《しんがり》を務めたこと。

ハンザムがナルセーナの代わりにオーガとリッチを抑えたこと。

ハンザムに手助けされたことを話す時、ナルセーナは複雑な表情を浮かべていた。

「あの時ハンザムが加勢してくれなければ、間違いなく大きな被害が出ていたと思います。……認めるのは癪《しやく》ですが」

あの二人が大きな戦力を持つことは分かっている。

しかし、その戦力を当てにできるとは一切考えていなかった。

ミスト達とは、一応協力体制にある。

とはいえ、あくまでそれは僕達と敵対しないということ。

迷宮暴走の中、生き残るために僕達に擦《す》り寄ってきただけなのだろうと僕は考えていた。

だからこそ、自分の身を危険に晒《さら》しながら迷宮都市を守ろうとするミスト達に対し、驚きを隠せなかった。

生き残るために僕達と協力したのならば、自身に被害が及ばないよう動くと思った。

なのにどうして？

ミスト達に対する疑問が僕の中で膨れ上がっていく。

——ふと、僕の中である考えが浮かぶ。

「……そうか。ミスト達にも迷宮都市を守らないといけない理由があるのか？」

僕に協力を求めたミスト達の姿が思い浮かぶ。

あの時からミスト達は、やけに協力的な素振りを取っていた。

それは、ミスト達もなんらかの要因で迷宮都市を守ろうとしていたからではないのか。

そう考えた僕は、小さく笑みを浮かべる。

だけどナルセーナは、僕の考えを否定するかのように口を開く。

「でも、ミスト達はこの状況を作ったと言ってもいいような人間なんですよ。これからどれだけ協力してくれるかも分からないし……迷宮暴走が収まった途端、襲いかかってきてもおかしくないと思います」

そのナルセーナの言葉に、僕は頷《うなず》く。

なにか目的があってミスト達が協力していたとしても、目的を達成した途端敵に回るかもしれない。

「うん、分かっている。――それでも、迷宮暴走の間ミスト達を当てにできるのは大きい」

そのことを理解した上で、僕は笑った。

ミスト達を敵に回してはならない、ミスト達はそれだけ厄介な相手だと師匠は言っていた。

それは裏を返せば、味方とすればこれ以上ない有用な存在となるということなのだ。

たとえ期間が限定されているとしても、二人を戦力として数えられるのは大きい。

あの二人ならば、リッチやオーガの対処を任せても問題ないだろう。

であれば、超難易度魔獣を僕とナルセーナの二人で相手にすることができる。

超難易度魔獣にだけ専念できれば、今回のように苦戦することはなくなる、その自信が僕にはあった。

「なんとかなるかもしれない」

絶望的だと思われていた迷宮暴走を生き抜く見込み。

それを見つけたと判断した僕の声には、抑えきれない興奮が込められていた。

部屋の中にいても聞こえる外の騒ぎを聞きながら、思う。

あの騒ぎようも、今ならば理解できると。

その興奮を共有しようと僕はナルセーナへと微笑みかける。

「そう、ですね」

しかし僕と違い、ナルセーナの顔はどこか暗さを感じる。

「……ナルセーナ？」

その想像もしていなかった反応に、僕は動揺する。

もしかして、自分がなにかおかしなことをしてしまったのだろうか。

そう考えた僕は、今までのことを思い返す。

僕が起きてからナルセーナが教えてくれたのは、かなり明るい話だ。

被害は最小限で済み、迷宮暴走を耐える見込みが出てきて、冒険者達は祝杯を上げている。

それは、間違いなく嬉しい報告だろう。

……にもかかわらず、それを話すナルセーナの態度はそれにそぐわないものではなかったか？

思い返す限り、ナルセーナが喜びを露《あら》わにしていたところはなかった。

それどころか、なにか気落ちしているかのような態度だった。

一体なにがあったのか、僕はそう聞こうとして……その前にナルセーナは立ち上がった。

「では、私はそろそろライラさんを呼んで来ますね。他の人達にも、一番の功労者が起きたと伝えないと行けませんし」

そう言うと、ナルセーナは早足で歩き出す。

まるで、僕との会話を避けるような態度で。

「……っ！」

その背中に、僕は声をかけることができなかった。

その間に、ナルセーナの足音は遠ざかっていく。

もう、自分の声が届かないだろう所まで行ってしまったナルセーナの背に向け、僕は小さく呟《つぶや》く。

「一体なにが……」

部屋の中には、ナルセーナが座っていた椅子だけがぽつんと残っていた。

第62話 乱入者

「大丈夫なの、ラウスト？　もう戦闘は終わったのだから無理しなくていいのよ」

ナルセーナが去ってからライラさんがやってきたのは、僕が改めて魔道具に異常がないか確認を終えた後のことだった。

ライラさんは、先ほどまで意識を失っていたにもかかわらず、作業をしていた僕を心配してくれている。

「ありがとうございます。でも本当に大丈夫ですから」

ライラさんへ返事を返しながらも、僕の心を支配するのはナルセーナについてだった。

なぜナルセーナの様子はおかしかったのか。理由が分からないことが、一層僕の胸に不安を抱かせる。

「……本当に大丈夫？　なんだか様子がおかしいけど」

どこかぎこちない僕の表情を心配そうに見つめながらも、ライラさんは傷の診察を始める。

「嘘《うそ》！　ほとんど治ってる⁉」

けれど、その表情はすぐに驚愕《きょうがく》に塗り変わった。

ライラさんは信じられない様子でぺたぺたと、ほとんどふさがっている傷を確認する。

「実はライラさんがくる前に魔道具の確認のため、回復魔法を使ったんです」

そう言いながら僕は、腕を動かしてみせる。

それも、ナルセーナにやって見せた時よりもはやく。

それだけ動かしても、もう僕が痛みを覚えることはなかった。

跡は残ってしまうかもしれないが、ほとんど治ったといっていいだろう。

その効果を目の当たりにしたライラさんは、呆然《ぼうぜん》とする。

「……効果に関して聞いてはいたけども、時間が経った傷にもこんなに効果があるなんて」

「最低限、これだけ効果がないと、あんな身体強化なんて使えませんから」

驚きを隠せないライラさんに、僕は笑って告げる。

そう、本来の治癒魔法なら、たとえ瀕死の状態だったとしても、意識を失う前の状態ぐらいまでは治癒できるはずだった。

たった今なんの問題もなく治癒魔法を使うことができたからこそ、あの時《ヒール》の効果が低かったことへの違和感が膨れ上がってくる。

だけど、いくら考えても答えが分からない。

悩み始めた僕をよそに、ライラさんが診察を続ける。

「どういう原理で、時間が経った傷まで治してるのかしら？」

これ以上考えても仕方ないと判断した僕は、ライラさんの独り言に意識を向ける。

「そもそも、意識を失っている間は看護しているナルセーナの方が倒れてしまいそうな状態だったのに、もう起きるとは思わなかったわ」

「え？」

……そして、何気なくライラさんが呟《つぶや》いた言葉に僕の顔は青ざめることになった。

僕の頭の中に、先ほどまで頭の中を完全に支配していたナルセーナの態度の不審さと、意識を取り戻した当初の慌てようが思い出され――繋がる。

徐々に顔から血の気が引いていく中、僕は今さらながら自分の考えの至らなさに後悔を抱く。

ナルセーナの不審な態度の理由、それは理解できた今からすれば、なぜ思いつけなかったと思ってしまうような単純な理由だった。

「……ナルセーナは無理をした僕に怒っている？」

その言葉を口にした瞬間、額に冷たい汗が伝った。

意識を失ってしまったのは、《ヒール》の不調という予期せぬ事態が重なってしまったからにすぎない。

しかし、周囲にそれが分かるだろうか。

ナルセーナからすれば、僕はただ無茶をして倒れたようにしか見えないのではないか。

……そして、その僕に対する怒りが先ほどのナルセーナの態度として表れていたのだとすれば。

「すぐに謝って、説明しないと」

血を失いすぎたのかふらつく身体を無視し、僕はベッドから降りようとする。

「ど、どうしたの、ラウスト？」

そんな僕の突然の奇行に目を白黒させながらも、ライラさんは僕を止めようとする。

だが、ナルセーナのことで頭が一杯の僕は止まらない。

「ライラさん、ナルセーナのいるところ知りませんか？」

「ええ⁉」

かつてないほど焦りに背を押されるまま、僕はライラさんに詰め寄った。

混乱したライラさんが答えられる状況にないのも気付かずに。

そのまま、さらになにか言おうとして——コンコン、とまるで僕を諫めるかのようなタイミングで、部屋の扉がノックされたのはその時だった。

「し、し、失礼します！」

部屋の外に誰かがやってきた。

やけに緊張した男性のものと思われる声が聞こえる。

「ラウスト？」

突然のことで多少落ち着きを取り戻したライラさんが、知り合いなのかと問いかけるようにこっちを見てくる。

だけど僕は、首を振って否定した。

一瞬街の冒険者かとも思ったが、知り合いの中にこんな声をしている人間はいない。

「……ロナウドさん達と、ナルセーナ以外の面会はやめてもらうように言ってたんだけど」

そう呟《つぶや》きながらもライラさんは扉の方へと歩き出す。

「だから、もう少し状態が落ち……え？」

そう言いながら扉を開けたライラさんの言葉を遮るように複数の男性の声が聞こえる。

「非常事態なんです！」

「すいません！」

「え？　え、ええ!?」

ライラさんを押しのけて部屋の中に入ってきたのは……男性五人からなる中級冒険者のパーティーだった。

部屋に入ってきてから、真っ直ぐにこちらに向かってくるその姿に僕は困惑していた。

たしかに僕は、この冒険者達が中級パーティーだと分かるくらいには知っている。

とはいえ、このパーティーと親しいつき合いをしていたわけではない。

あくまでギルドで二、三度見かけた程度の、名前も知らない関係だ。

こうしていきなり押しかけてきた理由が、僕には分からない。

「あれ？」

緊張した面持ちで、こちらにやってくる冒険者達。

その姿にふと既視感を覚えた僕は、僅《わず》かに眉をひそめた。

こんな異常な状況に立ち会った経験など滅多にないはずなのに、少し前に同じようなことがあったように思えて仕方ない。

理由の分からぬ感覚に、僕は思わず首を傾げる。

「……あ」

——そう、彼等の様子は、ヒュドラとの戦いを見た後のマーネル達と酷似していた。

そこまで気付いた時、僕はなぜ彼等がここにやってきたのか、その目的を理解していた。

無意識のうちに口元が引き攣《つ》っていく。

その間にも彼達は近づいてくる。

そして彼等は、僕の前までやって来ると、一斉に膝を突き、そして地面に額を擦《こす》りつけて叫ぶ。

「「「「これまで馬鹿にしていて、申し訳ありませんでしたああ‼」」」」

……その姿は奇しくも、以前マーネル達が土下座していたものと酷似していた。

僕は無言で目元を覆《おお》う。

――せっかく、マーネル達の問題を片づけたのに。

僕の心の嘆きに気付くこともなく土下座する冒険者達。

「……なにこれ？」

突然の光景を目にしたライラさんは、心底気味悪そうにしていた。

あまりのことに、しばらくの間僕は、ライラさんに説明する気力が湧いてこなかった……。

第63話　冒険者達の贈り物

今でこそ、マーネル達と僕は良好な関係を築いていると言っていいだろう。

だが、マーネル達が最初に押し掛けてきた時の記憶は、僕にとって悪夢だった。

……なにせ、あの時はほとんどマーネル達に話が通じなかったのだから。

恐怖に心を支配されているせいか、マーネル達は、僕が怒りに身を任せ復讐してくると思い込んでいた。

そんな状態のマーネル達を落ち着かせるまでの苦労。

それは今でも頭の中に鮮明に残っている。

「今まで馬鹿にしていて、悪かった」

「フェンリルを倒す姿に、思い直したんだ」

だからこそ、謝罪する冒険者達の姿に、マーネル達を幻視した僕は、ただうなだれることしかできなかった。

どうして意識を取り戻してすぐ、こんな面倒事に直面せねばならないのか。

できる限り早くナルセーナの下に行きたいという思いが、さらに絶望を深める。

僕の隣にいるライラさんは、大体の事情を察したのか、耳打ちしてくる。

「……えっと、今まで虐めてきた冒険者が今さらラウストの実力に気付いて謝りにきた感じなの？」

そう僕に尋ねるライラさんの目には、冒険者に対する怒りが浮かんでいた。

無用な怒りを抱かせてしまったことに申し訳なさを覚えながら、僕は頭を横に振る。

「いや、僕の記憶にある限りはないです」

「え？」

そう改めて言うが、僕はこの冒険者パーティーの名前さえ知らない。

つまり、親しくされた記憶もなければ、面と向かって敵意を向けられた記憶もありはしないのだ。

本当にすれ違った程度の付き合い以外、記憶にない。

たしかに、以前まで迷宮都市に僕を馬鹿にするのが当然だというような空気があったことを考えれば、この冒険者達が陰口を言っていてもおかしくはないだろう。

けれど、陰口について謝られたところで、僕はどう反応すればいいのか。

陰口にまで、気を回している暇などない。

そんなことを気にしている繊細な神経では、これまでやって来れなかった。

一瞬、目の前の冒険者達を放っておいて、ここから逃げ出そうか、なんて考えが頭に浮かぶ。

しかし、そんな考えは無駄だと、すぐに頭から振り払う。

マーネル達との一件で僕は知っているのだ。

今この冒険者達から逃げても、僕に安寧が訪れることはないことを。

許されたと冒険者達が思わない限り、彼等は僕につきまとってくる。

それを知る僕は、とにかく話をうまく持っていこうとするが、適切な言葉を思いつかず言いよどむ。

「あー、えっと……」

「……っ！」

僕の声に、いまだ土下座したままの冒険者達の肩が大きく震える。

……少し言い淀んだだけで、こんな過度な反応を示す冒険者達の姿。

それに、言葉選びを間違えただけで、とんでもない勘違いが起きかねないと理解した僕は、無言で顔を覆《おお》う。

どうしてこんな面倒ごとになるのだろうか。

そんな僕に気付きもせず、冒険者達が再び口を開く。

「……虫の良い話だとは分かっている」

「特に俺達は、戦神の大剣に誘われた時、迷宮都市から逃げようと考えたんだからな」

……やけに強引に、この冒険者達が僕に謝ろうとする理由。

それは、自分達が冒険者として許されぬ禁忌《きんき》を犯したという気持ちからなのか。

冒険者達の不安の原因を知ったおかげか、僕はなぜここまで執拗に謝ってくるのか理解する。

ロナウドさんに許されたことで、表だって彼等を非難する冒険者はいない。

だが、それは不満がないことの表れではないことを、彼達も知っているのだ。

あくまで自分達は、ロナウドさんの温情によって生き延びただけ。

そう知っているから、彼達は過剰に僕を恐れているのかもしれない。

フェンリルを倒した僕のことを。


「最終的には超一流冒険者がいる迷宮都市に残ったが、一瞬でも迷った自分を反省している」

「本当に申し訳ないと思っている」

自分の考えが、勘違いだと知った僕は無言で俯く。

……いや、逃げてないんだったら、ややこしいことを言わないで欲しいんだけども。

冒険者達の言葉に、自分の想像が全て違ったことを知らされた僕は、内心吐き捨てる。

勝手に理解していた気になっていた分、少し恥ずかしい。

そもそも、この冒険者達は一体なにがしたいのか。

なにも大したことなどしていないのにもかかわらず、勝手に自分達の罪を自供していくその姿に、僕は混乱している。

実は謝る体をとって僕を馬鹿にしにきただけ、ということなのか？

そんなことを考えていると、リーダーらしき男が立ち上がる。

「だから、せめてもの誠意は見せる」

突然のことに呆然《ぼうぜん》とする僕達をよそに、リーダーは突如背に持っていた武器らしき物を差し出してくる。

「なっ！　ええ？」

突然のことに、僕は思わず驚きの声を上げつつも武器らしきものに目を向ける。

そして、男が手に持った武器が、高価そうな布にくるまれているのに気付く。

男は武器にかけられた布をそのままに、僕へと差し出す。

混乱しながらも、僕は咄嗟《とっさ》にそれを受け取ってしまった。

「せめてもの償いに」

この冒険者達は、謝罪としてこの武器を僕に渡そうとしている？

そう理解した僕の胸に罪悪感がよぎる。

正直、僕は目の前の冒険者達に対して特に怒りなど抱いてない。

なのに、こんなものを受け取っていいのだろうか。

だが、突き返すようなことをすれば、冒険者達は明後日な勘違いをしそうだ。

迷った僕は、とりあえず武器を覆《おお》った布を取り払ってみることにした。

「……え？」

そして現れたボロボロの大剣に唖然とする。

たしかに柄の部分はかなり立派で、名のある鍛冶師が作ったのだろうと分かるものではあった。

だが、その刃の部分は完全に錆《さ》びており、実戦どころか観賞用としても使えなさそうだ。

まさかの品物に、大剣を布から出した姿勢で僕は固まってしまった。

「まさか、一瞬で見抜かれるとは！」

しかし、そんな僕の態度をどう勘違いしたのか、リーダーは誇らしげに胸をはる。

そして僕の手から大剣を取り上げると、自慢するように掲げ言い放った。

「そう。これこそ、かのドワーフが作ったとされる真の魔剣！　迷宮都市のギルド職員を介して、王都のギルドから手に入れたものだ！」

そう大声で宣言するリーダーを見て、僕は察する。

目の前の冒険者達は、ギルド職員に騙されて買わされた偽物を本物と信じたまま、僕に渡したのだと。

……そう、僕の手にある大剣は、魔剣どころか準魔剣にも及ばないただのがらくただった。

第64話 冒険者達の希望

「たしかに今の見た目はボロボロだが、これは正真正銘の魔剣だ。しかも、ギルド職員からは王都の鍛冶師に鍛え直してもらえば、再度使えるようになると聞いた！」

自慢げに語る冒険者達のリーダー。

それを目にしながら、僕は確信する。

……目の前の冒険者達は、ギルド職員に騙されたなど、一切気付いていないことを。

僕は取るに足らない存在だったこともあり被害にあったことはなかったが、ギルド職員が一部の馬鹿な冒険者を食い物にしていたことは有名だった。

おそらく、この冒険者達こそが、その一部の冒険者だったに違いない。

「といっても、このレベルの魔剣であれば鍛冶師に鍛え直しの依頼をしても、入金してから数年単位の時間がかかると言われたがな」

そんな腕のいい鍛冶師なら、国の専属となっており、ただの冒険者が頼めるはずがないことも知らず、そんなことを言い出す冒険者達。

……ギルド職員達がこの冒険者達を騙せると判断したのも、当然のことかもしれない。

僕は思わず、顔を手で覆《おお》いたくなる。

「嘘《うそ》でしょ……」

横を見ると、ライラさんも、もう見てられないと言いたげな表情を浮かべていた。

どうやら、ライラさんにも彼らがギルド職員に騙されていたことが分かったらしい。

いや、おそらく大半の冒険者は、気付くと思うのだが。

……そもそも、ドワーフが鍛えた魔剣が錆《さ》びたり壊れたりすることはないんだから。

ドワーフの作った魔剣をまねて人間が作った準魔剣でさえ、ほとんど壊れることはない。

もちろん破壊されないというわけではないが、準魔剣は剣と言うより魔道具に近い。

故《ゆえ》に剣を頑丈にしている機能を潰さない限り、剣本体が壊れることはほとんどないのだ。

そして、その機能が潰れてしまえば、準魔剣がその機能を取り戻すことはない。

劣等品《れっとうひん》である準魔剣でさえ、そうであることを考えれば、こんな錆びた魔剣があるわけない。

「はぁ……」

たしかに、詳細な知識を持っている冒険者は少ないかもしれないが、魔剣が錆《さ》びないくらいの知識は常識じゃないのか。

「俺達が使おうと思ってこの魔剣のことはずっと黙ってきたが、是非受け取ってくれ！」

「ギルド職員曰く、ほかの冒険者が知れば奪いにくるほどの一品だ！」

……あまりの言葉に、もはや僕はなにも言うことができなかった。

満面の笑みでリーダーが錆《さ》びた大剣を差し出してくるが、僕は曖昧な笑みを浮かべたまま受け取れずにいた。

その気力がどうしても湧かなかった。

「これは詫びだ。気にせず受け取ってくれ！」

その僕の反応をどう勘違いしたのか、ぐいぐいとリーダーの男は錆《さ》びた大剣、がらくたを突き出してくる。

「ちょっといいかしら」

見ていられない、そう感じたのか、ライラさんが声を上げた。

「どうかしたか？」

突然ライラさんが声をかけてきたことに対し、冒険者達は不思議そうな顔をしている。

そんな冒険者達の姿に、ライラさんは一瞬迷いの表情を浮かべるが、意を決したのか、改めて口を開く。

「信じられないかもしれないけど……」

「な、なんてありがたいんだ！」

……そんなライラさんを遮るように、僕は咄嗟《とっさ》に声を上げた。

「え？」

呆然《ぼうぜん》とするライラさんに軽く頭を下げて謝りながら、それでも僕は笑顔をなんとか維持しつつ話し続ける。

「こんな立派な魔剣が手に入るなんて、本当に嬉しいなぁ。びっくりしすぎて、すぐに受け取れなかったよ」

必死に口角を吊り上げながら、僕は誇らしげな冒険者達にそう言い募る。

「いや、これはあくまで詫びなので、気にしないでくれ！」

「そうそう！」

もちろん、こんなガラクタが欲しいわけではない。

せめて錆《さ》びてさえいなければ観賞用に使えたかもしれない。

「こんなものをもらったらもう怒れないよ。今までのことは水に流そうじゃないか！」

——だが、このガラクタをもらうだけでこの場が収まるなら、僕は甘んじてそれを受け入れる。

「……ああ、そういう」

横から聞こえたライラさんの同情のこもった声。

その声に少し心を救われながら、僕は嬉しそうな演技を続ける。

「あー、でもこれほどのものをほかの冒険者に知られれば、奪われたりしないか心配だなー！」

「安心してくれ。絶対に俺達は誰にも話さない！」

「ああ！　今まで誰にも言ってこなかったんだ。これからも言わないさ！」

……よし、これで魔剣ががらくただったと冒険者達が知ることはないだろう。

勘違いを知った冒険者達が再度押し掛けてくることはもうない、そう確信した僕は、部屋の窓を指した。

「こんないいものをもらったところ悪いんだけど、他の人に見られないよう窓から出ていってもらって良いかい？」

「任せてくれ。誰にも見つからずに、ここから去ってみせるさ！」

早く帰って欲しいが故《ゆえ》の口実だと気付かず、得意げに窓に向かって歩いていく冒険者達。

「……ふぅ」

その姿に、ようやくナルセーナを探しにいけると、僕は小さく息を吐いた。

さすがに少し罪悪感を覚えないでもないが、いつかなにかを奢《おご》ることで埋め合わせさせてもらおう。

そう僕は心の中で決める。

……窓に向かって歩く冒険者達の足が止まっていることに僕が気付く。

まだなにかあるのか？

内心不安を抱きながらも僕は彼等に笑みを浮かべる。

「ど、どうかしたのか？」

僕の声に反応し冒険者達は振り返るが——その様子はどこか今までと違っていた。

振り返ってから数瞬、冒険者達は迷うように目を合わせていたが、意を決したように僕の目をしっかりと見る。

「……今まで悪かった。お前は別に、欠陥でも無能でもなかった。俺が間違っていた」

小さいけれど、はっきりとした冒険者達の言葉。

今までにない、真剣な様子で冒険者達が告げたその言葉に、僕は目を瞠《みは》る。

さらに冒険者達はなにか言おうとするが、すぐに思いとどまり一礼だけして次々と窓から、出ていってしまった。

「なんだったんだ……？」

僕がそう呟《つぶや》いた時には、冒険者達の姿はなかった。

彼等の目的がいまいち分からず、僕は首を傾げる。

その問いに答えをくれたのは、ライラさんだった。

「……もしかしたら、ただ謝りたかっただけなのかも」

「どういうことですか？」

意味が分からず、ライラさんへと向き直る。

「ラウストにとっては、不快な話かもしれないけど」

そう前置きして教えてくれたのは、ライラさんが見た冒険者達の僕に対する認識の変化だった。

「迷宮暴走が始まってから、ジークが冒険者達の管理をしているのは知っていると思うんだけど、実は私も少し手伝っていたの」

その時見た冒険者達は、不安や恐怖が拭《ぬぐ》えないといった様子だったらしい。

「超難易度魔獣が二体現れた時の騒ぎようは、本当に酷いものだったわ。でも、ある時から様子が変わったの。……いつか分かる？」

僕が首を横に振ると、ライラさんはすぐに教えてくれた。

「あなたとナルセーナが、ロナウドさんより早くフェンリルを倒した時よ」

「……え？」

想像もしていなかった答えに僕は目を瞠《みは》る。

たしかに僕達は、ロナウドさんより早くフェンリルを倒したが、それはあくまでたまたまにすぎない。

驚きを隠せない僕を、ライラさんは呆《あき》れたような顔で見る。

「単純な話よ。彼達にはラウストとロナウドさんの力の差を察する能力なんてない。だから見たままに、ラウスト達が超一流冒険者に匹敵する存在に思えたんだと思うわ。分かりやすい言葉で言えば、この状況を打開しうる英雄にね。――つまりあなた達は今、冒険者達にとって超一流冒険者に次ぐ、希望なのよ」

……まるで想像もしていなかったことに、僕はただ呆然《ぼうぜん》と立ち尽くす。

そんな僕に、さらにライラさんは続ける。

「だから、今までの勘違いを謝りたかったんじゃないかしら。下手な言い訳までして」

……冒険者達が、僕を希望だと思っている？

まるで考えていなかったそのことに、僕は混乱せずにいられなかった。

――だけど、本当に言いたかったのは、最後の謝罪ということだけは信じられる気がした。

「……馬鹿だな」

僕は顔を俯《うつむ》かせる。

別にどう思っていたとしても、責めたりなんてしない。

この状況でありながら、わざわざ告白にきた冒険者達の馬鹿さに、笑ってしまいそうになる。

……なぜかその内心を、一人以外誰にも知られたくなかった。

僕は俯《うつむ》いたまま、必死にゆるみそうな口元をこらえる。

「やっぱり不快だった？」

だけどその行動が、ライラさんを勘違いさせてしまったようだ。

焦りながら、どう説明しようか迷う僕に、ライラさんが申し訳なさそうにしている。

「ごめんなさい。虐めてきた人間の話なんて聞きたくないかとも思ったんだけど、あの冒険者達がなぜか親に必死に許してもらおうとする子供みたいに見えて。……そんな歳じゃないはずなんだけどね」

「……っ！」

——迷宮孤児。ライラさんの言葉を聞いた時、僕の頭にこの言葉が浮かんできた。

そうか。あの冒険者達は、マーネル達と……僕と同じなのか。

そう理解した時、僕は自然と笑っていた。

「いや、大丈夫ですよ」

「……本当に」

「ええ。なんなら、ほかの冒険者達と話す機会を作ってくれても大丈夫ですよ」

僕の言葉に、心配そうにライラさんはこちらを見てくるが、少しして本心だと理解したのか、安堵《あんど》したような表情を浮かべる。

「本当に大丈夫なの？」

「はい。ナルセーナを探したいので今は無理ですが」

「……恋人がいない私に対する当てつけ？」

半目で僕を見てくるライラさんだが、すぐにその顔は笑みに変わる。

今は無性にナルセーナに会って話したくて仕方なかった。

「おら！　邪魔だ、お前等！」

「お前等がどけよ！」

……だが、その直後部屋の外から響いてきた、多数の冒険者の声に僕の顔が凍りつく。

僕は部屋に続く唯一の扉へと目をやる。

その時には、僕はあることに思い至っていた。

……そう、迷宮都市にいる冒険者の数を考えれば、部屋に押しかけてくる冒険者が一組で終わるわけがないことに。

「はぁ。ラウスト、ここは私が対処するから、ナルセーナを探しに行ってきなさい」

「……え？」

疲れた様子のライラさんが、僕にそう声をかけてくれる。

「いいから。あなたは少し元気になったみたいだけど、ひっきりなしに人が押し掛けてきたら休めないでしょ。それならいっそ、外で気分転換してらっしゃい」

そう言うと、ライラさんは窓を指さす。

「ナルセーナを慰めにいくんでしょう？　なにかを気に病んでいたみたいだし」

ライラさんに申し訳ない、という気持ちもある。

しかし、それ以上に僕はナルセーナのことが気になって仕方なかった。

「すいません、いつか埋め合わせをします」

窓の方へと歩いていきながら、僕はそうライラさんへと頭を下げる。

「そう？　本当に気にしないでいいのよ」

ライラさんは笑顔で僕に手を振る。

「それに、私もあの冒険者達には用があるから」

……そう告げたライラさんの様子が、これまでの雰囲気と違うことに僕は気付く。

「どんな理由があろうと、大人数で病人の部屋に押しかけるな。そんな常識も知らない人間がこんなに多いとは思わなかったわ。――少し、お話ししないとね」

綺麗な笑みを浮かべるライラさんの目が一切笑っていないことに気付いた僕は、無言で窓から外へと出て行くことにした……。

The healer exiled from the party,
actually the strongest

第65話 全ての元凶

窓から部屋を後にした僕が降り立ったのは、冒険者ギルドの裏。

迷宮都市の中でも、人通りの少ない場所だった。

日が落ちた後であることもあり、目のつく範囲に人影は見つけられない。

それでも念を入れて僕は、周囲を確認する。

せっかくライラさんが助けてくれたのに、無駄にするわけにはいかない。

「よし、冒険者の姿はないな」

ようやく僕は一息つくことができた。

正直なところ、迷宮暴走の最中にこんなことで騒ぐことになるとは想像もしていなかった。

……ライラさんが、冒険者のことを受け持ってくれなければ、一体どうなっていたか。

「本当にライラさんには頭が上がらないな」

いつか本当に恩返しをしないと、そう思いながら僕は今もライラさんがいるだろう部屋へと目をやる。

早くナルセーナを見つけないと、そう思いながら。

「で、どこに行けばいいんだろう」

……しかし、そう思いながらも僕はすぐに歩き出すことはできなかった。

ライラさんにナルセーナとどこで会ったのか、聞いておけば良かった。

だが、今さら部屋に戻って聞くわけにもいかない。

どうしようか。少し悩んだがひとまず、いまだ冒険者達の騒ぎが聞こえる広場の方へと向かってみることにする。

「広場に行くしかないか……」

ナルセーナがどこにいるのか分からない今、まず探すべきは人の多い場所だろう。

もちろん、冒険者達もかなりいるだろうがこの騒ぎだ。

静かにしていれば、見つかることもないだろう。

そう判断した僕は、ゆっくりと騒ぎの中心へと向かって歩き出した。

◆　◆　◆

大量の魔道具が使われているからか、広場は煌びやかに照らされていた。

大量の料理に、酒。

そして街の人や冒険者など、騒ぐ人々。

「……凄いな」

人ごみに紛れながら、僕は呟《つぶや》いていた。

僕は騒ぎが得意ではない。

そもそも騒ぎに誘われるようなこともなかったが、それ以上に性格的に騒ぐことが得意ではなかった。

それでも、目の前の光景に自然と笑みが浮かぶ。

――目の前の光景は、自分が迷宮都市を守った証だからこそ。

ナルセーナから、防衛戦は限りなく最善の形で切り抜けられたとは聞いた。

そして、押しかけてきた冒険者達の姿からも、ある程度余裕があることは、察していた。

けれど、この光景を目にして、僕はようやく心の底から実感する。

僕達は生き抜いたのだと。

もちろん被害があったことも、全てが終わったわけじゃないことも分かっている。

たとえそうだとしても、今ぐらいはこうして騒ぐべきなんだろう。

「くそ！　俺があの時……！」

「いいから飲め！　今は必死に足掻《あが》け！　死んだ奴の分まで足掻《あが》け！」

「くそ、くそ、くそが！　絶対に死んでやるか！　お前がくれた命を無駄になんかしねぇからな！」

視界の隅、泣きながら酒をあおる男とそれを慰める男の二人組を見て、僕は本当にそう思う。

今は傷を、心の傷を癒すべき時なのだと。

全ては生き抜くために。

「……え？」

僕はそう思いながら、二人組の横を通りすぎようとして、あることに気付いた。

その二人組が、冒険者と街の人であることに。

周囲は、街の人、冒険者関係なく騒いでいる。

けれどその二人組に関しては、勝利を分かち合う以上の親密さが感じられて、それ故《ゆえ》に僕は驚きを隠せない。

街の人達は冒険者を恐れ、冒険者は街の人を見下していることを僕は知っていたから。

「ああ、そういうことか」

だが、冒険者の若い男の方が、迷宮孤児だと分かった時、僕の驚きは納得に変わっていた。

迷宮孤児ならば、こうして街の人と急速に仲を深めてもおかしくない。

迷宮孤児は街の人に対する偏見を持っていないわけではないだろう。

……だがそれは、それしか生きる道を知らないが故《ゆえ》の行為だと、僕は知っていた。

迷宮孤児は、ただ人との触れ合いを知らないだけなのだ。

奪い、奪われを繰り返す迷宮都市冒険者のコミュニティで生きてきたが故《ゆえ》に。

けれど、触れ合いを知らないだけで、誰よりも迷宮孤児は人との触れ合いを求めている。

そのことを、自分の経験と、マーネル達とかかわった経験から、僕は知っていた。

二人の邪魔になってはいけないと、僕は静かに立ち去る。


ナルセーナを探しながら広場を回っていると、街の人と若い冒険者の交流が、あの二人だけでなかったことに気付く。

楽しげに会話を交わす、女性冒険者と、宿屋の看板娘。

剣を見せながら子供達と会話する男性冒険者。

飲み食いする冒険者に、食事を持っていく宿屋の女将。

「……いい光景だな」

僕は笑みを浮かべ、広場を眺めていた。

──迷宮暴走から、こんな親交が生まれるなど思ってもいなかった。

一見、排他的にも見えつつ、それでも命を救ってくれた恩を絶対に無下にしなかった街の人達。

そんな街の人達ならば、このように迷宮孤児達が気を許すようになってもおかしくなかったのかもしれない。

しかし、迷宮暴走という未曾有《みぞう》の災害がなければ、こんな大規模な親交が起きるなんてことはなかっただろう。

なんとも不思議な組み合わせに驚きながらも僕は、この親交が迷宮孤児にとって大きな転機となることを確信する。

この光景は、僕がフェンリルを倒せていなかったらなかったものなのかもしれない。

決して、僕がこの光景を作り出したなんて思っていない。

ロナウドさんが一人で超難易度魔獣を引き受け、師匠が迷宮都市に障壁を築いたことを考えれば、僕の功績など微々たるものだろう。

それでも、あの時僕がフェンリルを止められなかったら、ナルセーナが来てくれなかったら、冒険者の被害はもっと大きくなっていただろう。

あの時の僕の決断は、無駄なんかじゃなかった。

——僕が、ナルセーナが、命懸けで成したことがこの光景に繋がっている。

「……また、ナルセーナと話したいことが増えたな」

そう呟《つぶや》くと、僕は再び目的の人物を探すため歩き出す。

特徴的な青髪を探しながら、僕は広場を巡る。

騒ぐ人々の横をすり抜け、時には気付かれそうになってひやひやしながら、目的の人物を探す。

「……見つからない」

だが、僕は目的の人物を見つけることができていない。

たしかに、広場にいる人の数を考えれば、特定の人間を探すのは困難かもしれない。

それでも、ここまで探しても見つからないというのは、ナルセーナはここにはいないのではないか。

「はぁ……。さて、どうしようか」

今まで広場を巡って分かったことだが、この広場以外には人が集まっているところはなさそうだ。

それは、この広場にいない人間は個々で時間をすごしているということだろう。

「宿屋にいるとは思えないしなぁ……」

いつも泊まっている宿屋の主人が、赤い顔で飲んでいるのを見ながら僕はそう呟《つぶや》く。

この様子では、宿屋が空いているとは思えない。

ナルセーナを探す手掛かりが一切ない、そう悟った僕はある決断を下した。

「知っていそうな人、マーネル達に聞くしかないか」

僕の視線の先には、マーネル達を取り囲んで騒ぐ冒険者達の姿があった。

広場を回って小耳に挟んだ話から、僕はマーネル達が防衛戦でかなり活躍していたことを知っている。

その結果、他の冒険者に慕われ、楽しんでいるところなのだろう。

そんなところに行ってナルセーナの心当たりについて聞くのは、水をさすようで罪悪感を覚える。

「だけども……」

現在はそれ以外に手掛かりもないのだ。

僕はやむなくマーネル達のところへと向かう。

「……それにしても、どうしてこんなに僕に対する評価が過剰になっているんだろう」

マーネル達の下へと歩きながら、広場を巡る中耳にした自分への過剰な評判を思い出す。

超一流冒険者に次ぐ実力だとか。

以前から百人を超える冒険者に襲われても、簡単に撃退していたとか。

超難易度魔獣ヒュドラを撃退したのも本当で、いとも容易く討伐したとか。

一部、微妙に脚色された話が広がっていて、僕は気まずさを隠せない。

部屋に押しかけてきた冒険者といい、広場での話といい、いくらフェンリルを倒したからといっても、これは過剰すぎはしないだろうか。

そう考えながら歩いていると、気付けばマーネル達の会話が聞こえるほどに近づいていた。

「……さんは、本当にそういう人なんだ！」

冒険者達に囲まれたマーネルが、なにかを必死に冒険者へと訴えていた。

「随分盛り上がっているな……」

一体なにを座り込んで話しているのだろうか。

そんなことを考えながら、興奮で顔を赤くして叫んでいるマーネル達に近づいていく。

「そんな！　俺はあの人に対してあれだけの仕打ちを……！」

「お、俺もだ。どうしたら……」

「……そうか。それは決して許されることではない。だが気に病みすぎることはない」

そんな僕に気付くことなく、マーネル達はさらにヒートアップしていく。

「なぜなら、ラウストさんは器の大きい人間なのだから！」

「え？」

突然聞こえてきた僕の名前にびっくりする。

一瞬呆然《ぼうぜん》として、けれどすぐに僕は気付く。

僕の名前が突然出てきたのではなく、ずっとマーネル達は僕について話していたのだと。

……だが、どうすれば自分の名前でここまで熱くなれるのか。

マーネルの言葉はさらに熱を帯びる。

「今までやってきたこと、それが許されるものだと俺は言わないし、言う気もない。だが、一つだけ言えることがあるとすれば、ラウストさんは決して度量の狭い男ではないということだ。

……そう、俺が謝りに言った時も、なに一つ文句も言わず許してくれたほどに」

ふと、僕が嫌な予感を覚えたのはその時だった。

頭に浮かんできた考えに、僕は口元をひきつらせる。

「だから、今までのことを悔いている奴は、今すぐに謝ってこい！　すでに謝りに行った冒険者もいるぞ！」

――元凶はお前達か！

部屋に押しかけてきた大量の冒険者達と、おおー！　とか歓声を上げながら、ギルドに突撃していく冒険者の姿が、僕の頭の中で繋がっていく。

全てを理解した僕は、顔を手で覆《おお》いながら夜空を見上げる。

「謝りに行くのが苦手なら、ラウストさんの勇姿を広めるだけでも効果があるはずだ！」

力説するマーネルの言葉に、僕はさらに理解する。

……やけに広場で聞く僕の評判も、マーネル達が流したものだったと。

「はぁ」

あまりにも気の抜ける事実に、僕は思わず嘆息《たんそく》を漏《も》らす。

……なるほど、最初にやってきた冒険者達の謝る理由がやけに稚拙《ちせつ》だったのも、マーネル達の話を聞いて発作的に思いついたからか。

僕は思わず、呆《あき》れのこもった視線をマーネル達の方へと向けていた。

マーネル達が善意で、やってくれていることは分かる。

とはいえ、ライラさんの負担を減らすためにもマーネル達を止めなければ。

「いいじゃないか、ラウスト。少しぐらい許してやっても」

……突然背後から声をかけられる。

その聞き覚えのある声に、内心驚きながらも僕はゆっくりと背後を振り向く。

「君が英雄的働きをしたのは、たしかな事実なのだから」

そこにいたのは、いつも通りの笑みを浮かべたロナウドさんだった……。

The healer exiled from the party,
actually the strongest

第66話 ◆ 疑い

「ロナウドさん？」

まさか、こんなところにロナウドさんがいると思っていなかった僕は戸惑いを隠せない。

そんな僕に対し、ロナウドさんは変わらぬ笑顔のまま告げる。

「一応僕は、ラウストが来る前からここにいたんだけど」

そう告げたロナウドさんは、いつもの鎧姿ではなく、ラフな格好で手には酒と思わしきものを持っていた。

……どうやら、ナルセーナを探すことばかりを気にしていたため、ロナウドさんに気付けなかったようだ。

「すいません、少し他のことに気を取られていて」

「いや、気にしてないさ。ラウストがさっきまで気を失っていたことも知っているしね」

咄嗟《とっさ》に謝罪した僕に対し、ロナウドさんは変わらぬ笑顔で許してくれる。

「ただ、少しだけ話をしたいんだけど、いいかい？」

そう言ったロナウドさんが指さしたのは、人気がまばらな建物だった。

なにかあったのだろうか。

「……少し、待ってもらっていいですか？」

そう思いながらも、ロナウドさんの言葉を僕はすぐには了承できなかった。

ナルセーナを早く探したいという気持ちもある。

だけどそれより、早くマーネル達を止めて、冒険者達が押しかけることを止めたいという思いが、ロナウドさんの言葉の了承を阻《はば》んでいた。

マーネル達の方を見る僕に気付いたロナウドさんは、不思議そうに問いかけてくる。

「……そんなにマーネル達を止めたいのか。ラウストは人に押しかけられるのは嫌かい？」

「僕はロナウドさんや師匠みたいに、人に押しかけられることに慣れてないですから」

……あんな話の通じない状態の人に追いかけられるのは、僕の精神衛生上なんとしてでも避けたい。

「ははは。そんなに嫌なのか。悪いね、僕が止めるべきだったのに」

僕の内心を察したのか、ロナウドさんは楽しそうに笑っている。

「でも、できれば許してやってくれないかい？　これは、マーネル達が自分達の報酬として望んだことだから」

「……自分達の報酬の代わり？」

頑としても断ろうと思っていたが、思わず黙り込んでしまう。

「そういえば、ラウスト達はいなかったか。実は、迷宮都市の障壁に彼等を引き上げて一段落した後、活躍した冒険者には迷宮暴走後、報奨金でも出そうかと一回話し合ったんだよ」

僕達ならお金の都合はいくらでもつくしね、そう嘯《うそぶ》くロナウドさんを見ながら、僕は思い出す。

広場で、マーネル達が活躍したという話を聞いたことを。

「だけど、彼等だけには報奨金を断られてね。――自分達よりも、恩人のやったことを正しく広めたいとね」

その言葉を耳にした時、僕は内心の驚愕《きょうがく》を押し込めることができなかった。

マーネル達が慕ってくれていることは知っていた。

けれど、まさか自分の報奨金をなげうってまで、そんなことを言い出すなんて、考えてもいなかった。

ロナウドさんは、変わらず笑ったまま、それでも僕に諭すように告げる。

「たとえ本人が気にしてなくても、恩人が不当な評価をされているのは、案外辛いことだからね」

僕はもう一度、マーネル達の方を見て呟《つぶや》いた。

「……やり方が強引すぎるんだけどな」

そもそも、広場で聞く評価も微妙におかしかった。

あいかわらず、マーネル達はやることが微妙にずれている。

そう思いながらも、僕にはもうマーネル達を止めようという気はなかった。

「じゃあ行こうか」

それを察したように、ロナウドさんは歩きだした。

特になにも言うことなく、僕もついていく。

その途中、ロナウドさんが告げる。

「悪いね、ラウスト。明日には、冒険者がラウストに押しかけないよう言い含めるよ。でも、マーネル達を止めるのをやめてくれて助かったよ」

「……え？」

思わず僕がその言葉を聞き返すと、マーネル達の方に目を向けたロナウドさんは告げる。

「君が英雄でいてくれるかどうか。それで冒険者の有り様は大きく変わるだろうからね」

「どういうことですか？」

「君が冒険者の支えになっているということさ」

そういうロナウドさんの声には、感情がこもっていた。

「正直、ここまで冒険者が意欲的になるとは思っていなかったよ。ここ迷宮都市に残った冒険者は普通の若者だったからね」

「……普通の若者、ですか？」

「ああ。逃がした冒険者よりも扱いやすいが、なぜ冒険者になったのかも分からないような普通の若者。それが僕の印象だね。彼等には野心を達成するために命をかける気が感じられない。……正直、どうモチベーションを保たせるか、悩みどころだったよ」

ロナウドさんの言葉に、僕は納得する。

野心に命をかける気のない、それは当たり前の話だ。

なにせ迷宮孤児はただ、それ以外生きる道がなかったから、冒険者として生きているだけなのだから。

富や名誉に興味がないわけじゃないだろうが、それ以上に迷宮孤児が望むのは、ただ生き延びることなのだ。

「だから、本当に助かったよラウスト。君がいれば、それだけで彼等のメンタルは持ち直せる。——なにより、彼等が君という存在を芯に、成長できる」

ロナウドさんの言葉には、僅《わず》かな同情心が込められているように感じた。

それを感じた僕は、ある疑問をロナウドさんに対して抱いた。

一瞬迷った後、僕はその問いをロナウドさんに投げかける。

「冒険者が逃げ出したあの時、ロナウドさんはあえて迷宮孤児だけを迷宮都市に残そうとしたんですか？」

僕の記憶にある限り、この迷宮都市に残っている冒険者のほとんどは、歳若い迷宮孤児と思われる者だった。

もちろん、決して都市外から来た冒険者がいないわけじゃないだろうが、そのほとんどが今は迷宮都市にはいない気がする。

「いや、さすがにそんな暇はなかったさ。あの時の僕の優先度は、あくまで都市を率いるのに障害になる冒険者を、いかにうまく迷宮都市から追い出すか、だったからね」

「……え？」

「あの時は、本当に気付くのが遅れたんだよ。……気付いていれば、もっとうまく利用したんだけど」

淡々と語るロナウドさんに対し、僕は動揺を隠すことはできなかった。

邪魔者の排除という形で十分に利用しておきながら、ロナウドさんはさらになにを望んでいるんだろうか。

……気のせいか、邪悪なオーラがロナウドさんから出ている気がして、僕は頬をひきつらせる。

だが、すぐにロナウドさんの雰囲気は元に戻った。

「まあ、冒険者を逃がした時にはなにも目的はなかったけど、迷宮孤児に対しては純粋に同情はしているよ」

遠く、もうほとんど見えないマーネル達の方を見ながら、ロナウドさんは告げる。

「彼等の周りの環境は、たしかに同情に足るものだからね」

自身も迷宮孤児として生きてきた僕は、そのロナウドさんの言葉を認めざるを得なかった。

周囲を取り巻くのは、仲間以外信用できない冒険者の社会。

戦える能力がないだけで無能と虐げられ、有用なスキルがあっても迷宮都市で生き抜ける者は少ない。

僕は、以前いた孤児院の他の迷宮孤児達がどうなったのか知らない。

無能と判明し追い出されることになったが、治癒師の養成所に入れたのは僕にとってなによりの幸運だった。

だから僕はギルド長のミストのことを思う。

たしかに今は協力してくれているのだろうが、それでもこの先僕がミストを信用することはないだろうと。

……この地獄を作り出したのがミストなのだから。

突然、ロナウドさんが立ち止まったのは、そんなことを考えていた時だった。

「ラウスト、そろそろいくつか聞きたいことがあるんだけど良いかい？」

「は、はい！」

その言葉に返事をしながら周囲を見渡し、僕は気付く。

ここが、ロナウドさんが指さしていた場所、目的地だと。

……少し、マーネル達から離れすぎている気もしたが。

正直、ここまで人通りの少ない場所ではなく、手前の路地でも、冒険者に話を聞かれることはない気がするが……。

そんなことを考えている間に、ロナウドさんは話し始める。

「オーガに切られた傷はもう痛まないのか？　傷はどの程度だ？　どれぐらいで動けそうだ？」

矢継ぎ早のロナウドさんの質問に、僕は思わず眉をひそめることになった。

ロナウドさんの質問はどれも、誰かが伝えているだろうと思っていたものだ。

もしかしたら報告できていなかったのだろうか？

いや、それも仕方ないことかもしれない。

……今頃、冒険者に囲まれているだろうライラさんを思い描いた僕は、そう納得する。

あれだけ忙しければ、説明が後になっても仕方ないのかもしれない。

そう自分を整理した僕は、質問に答えていく。

「ああ、はい。もう大丈夫です。傷はほとんど塞がっていて、二日後には動けると思います」

「そうか。ライラの言っていた通り、いやそれよりも少し良い状態か」

その言葉に、ライラさんは報告できていたことを僕は知る。

なぜ、ライラさんから聞いた話を改めて聞き返すのか、理由が分からず僕はロナウドさんに対し、疑問を覚える。

「それじゃ、オーガに切られてから、一回でも《ヒール》を行ったかい？　フェンリルに切りかかるまでの間にだ」

だが、そんな僕の様子など気にすることなく、ロナウドさんは再び質問を投げかけてくる。

「い、いえ。その間《ヒール》は行ってないです。どうしてそんなことを？」

「……うん、悪かった。こんな回りくどい質問をしていても埒《らち》があかなかったね」

――ロナウドさんの雰囲気が、変化したのはその時だった。

ぞくりと、肌が粟立つ感覚に、僕は思わず息を呑む。

こちらを見るロナウドさんの顔はまるで変わっていなかったにもかかわらず、僕はまるでそっくりな別人に入れ替わったような錯覚を覚える。

「それじゃ、端的《たんてき》に聞かせてもらう」

ロナウドさんはその薄目を小さく開き……瞳をそこから覗かせながら僕に問いかける。

「――ラウスト、君は本当に人間かい？」

……ロナウドさんがあえて、こんな人気のない場所まで来た理由、それを僕はようやく理解した。

第67話　価値

僅《わず》かな魔導灯の灯りが反射しているのか、赤く見えるロナウドさんの目に見据えられながら、僕は呆然《ぼうぜん》と立ち尽くしていた。

ロナウドさんの言葉は想像もしていなかったものだが、その言葉に対する心当たりがあることに、僕は気付いていた。

思い出すのは、僕が体験した覚えのない記憶。

フェンリルとの戦いの時、突然思い出した言葉。

会ったことがないにもかかわらず、既視感が拭《ぬぐ》えない、角を持った女性。

……その体験は、全てなにかがおかしいことを仄《ほの》めかしていなかったか。

「正直ラウストが人間かどうかについては、僕は以前から疑っていたよ」

僕が無言となっている間にも、ロナウドさんの言葉は続く。

「気と魔力、プラーナとマナを両方扱える人間なんて、生まれてこの方僕は見たことないからね。それこそ、亜人と呼ばれる存在以外は」

僕の頭に、かつて滅びたといわれていたエルフという種族のミストのことが浮かんだ。

ミストは師匠の師であり、ロナウドさんでさえ戦いたくないと告げた相手だ。

「だけど、亜人だと判断するには君はあまりにも弱すぎた。亜人でありながら、初級の魔術しか使えないのは納得がいかない。しかも、人間しか持たないスキルを持っている。だから、君はおそらくは人間なのだろうと考えていた」

その規格外さを知るからこそ、ロナウドさんは僕が亜人か判断できなかったのだろう。

……なにせ、僕は命の限り考え努力を積み重ねても、手にできた力は限定的な状況でしか使えない技術だったのだから。

特殊だが、使えないスキルを得た不幸な人間だと僕だって思っていた。

「オーガを圧倒し、その攻撃を受けても動ける君の姿を見るまではね。……ラウスト、君だってそう思うだろ？」

いつもと変わらぬ笑顔に戻って問いかけてくるロナウドさん。

しかし、その纏《まと》う雰囲気は変わっていなかった。

ここで頷《うなず》けば、ロナウドさんの考えを肯定することになる。

僕が人間ではないと認めることになる。

「……はい」

そう理解しながらも、僕は頷《うなず》くしかなかった。

今さらどれだけ否定しようが無駄なくらい、僕の身体強化は異常なのだと理解してしまっていたから。

ロナウドさんに言われるまでは、僕の身体強化が異常だと考えもしていなかった。

ようやく自分の努力が実を結んだとしか考えていなかった。

けれど、フェンリルとの戦った後の経験が、もう僕が現実から目を逸《そ》らすのを良しとはしなかった。

──あの時の身体強化は、それほどに異常だったと僕は認識せずにはいられなかった。

「そう。もう誤魔化すことはできない。隠しごとの時間はもう終わりだ、ラウスト」

そんな僕に、ロナウドさんはそう頷《うなず》く。

僕の内心を見破ろうとするかのような、そんな態度で。

「聞かせてくれ、ラウスト。君は何者なのか。そもそも、その身体強化は一体どこで身につけたのか」

「これは……!」

咄嗟《とっさ》に、この身体強化は自分で見つけたものだと答えようとして、僕は思わず言い淀んでしまう。

……本当にそうなのか?

　僕は迷いを覚える。

　ロナウドさんが僕の短剣を指さしたのは、その時だった。

「異常だと思った原因はもう一つあるんだ。その短剣はどこで手にいれたんだい、ラウスト？」

「……え？」

　僕にはロナウドさんの質問の意味が理解できなかった。

　そんな僕に対し、ロナウドさんは淡々と告げる。

「まさか、フェンリルの身体に易々と傷をつけていたそれが、ただの短剣だなんて言わないよね？　それは準魔剣以上の性能だよ」

　普通なら、信じられない話だと判断すべきロナウドさんの言葉。

　けれど、その話を僕は一切の迷いもなく受け入れていた。

　そう、自分の持っている短剣が準魔剣に匹敵する性能があると。

　……それにもかかわらず今までこの短剣について、僕はまったく意識したことはなかった。

　そもそも、この短剣を僕はいつ入手した……？

「っ！」

　僕はようやく、はっきりと認識する。

――自分の記憶は、穴だらけなのだと。

そう理解してもなお、どこがおかしいのか分からない記憶の齟齬《そご》。

そのことに不快感を覚えながらも、僕はロナウドさんに告げる。

「……分かり、ません」

「分からない？」

怪訝《けげん》そうにこちらを見てくるロナウドさんへと、僕は必死に言葉を紡《つむ》ぐ。

「どこかおかしいのは分かるんです。なにか記憶の齟齬《そご》がある。そこまで分かるのに、どうしても思い出せなくて……！」

僕は必死に、ロナウドさんへと訴える。

……今の自分の言葉が、一体どれだけ怪しいのか、理解しながら。

覚えていないなどと言っても、苦しい言い逃れにしか見えないだろう。

なんとか、そのことを伝えなければと思うものの、なんと言えば信頼に足るのか分からず、僕はそれ以上なにも言えない。

そんな僕に対して、ロナウドさんからは問い詰めるような雰囲気は消え去っていた。

そして、ロナウドさんは一瞬思案するような素振りを見せた後、口を開いた。

「記憶喪失か……。それなら仕方ないか」

「え？」

ロナウドさんは一人悩み始める。

「記憶がないなら、確認できないなぁ……。少しでも思い出してくれれば良かったんだけど」

その予想もしていなかった反応に、僕は思わずロナウドさんに尋ねていた。

「信じてくれるんですか？」

「ん、もしかして、嘘《うそ》なのかい？」

「いえ、違います！　……その、ただの言い訳だとは思わなかったんですか」

「ああ、そんなことか。思うわけないじゃないか」

「……え？」

悩みもせずロナウドさんは言い放つ。

僕は驚きのあまり呆然《ぼうぜん》としてしまった。

そんな僕へと、ロナウドさんは申し訳なさそうに続ける。

「いや、今までの僕の態度からでは、そう思われても仕方ないか。少し好奇心が先行して、問い詰めるような形となってしまった。悪かったね」

そのロナウドさんの謝罪に、僕はすぐに首を横に振る。

「そんなことないです。どれだけ言い訳じみているか、自分でも理解していますから」

僕は理解している。

僕という存在がどれだけ異質かということを。

「……まいったね。別に僕はラウストの言葉を本当に疑ってないんだけど」

だけど、ロナウドさんはいつも通りでたしかに僕に対する敵意は見えない。

なのに、僕は自分が怪しすぎると理解しているが故《ゆえ》に、警戒を解けない。

「いや、そもそも先に言っておくことがあったね」

ロナウドさんがなにかを思い出したように、話し始める。

「たしかに今の状況が、非常時であることはたしかで、君の話が色々と腑《ふ》に落ちないのも事実だ。でも、その程度のことで君を疑ったりはしないさ」

「……どうして?」

「簡単な話だよ。君はもう、今までの戦いで証明しているじゃないか。――どれだけラウストという人間が信用に足るかを」

その言葉になんの冗談かと僕は思わず目を瞠《みは》る。

だけど、僕を見返すロナウドさんの視線はふざけてなどいなかった。

再びロナウドさんが口を開く。

「当たり前じゃないか。君は間違いなく今回の戦い最大の功労者なんだから。それこそ、僕やミスト以上の」

ロナウドさんの言葉に、一瞬僕は言葉を失う。

たしかに、他の冒険者達がフェンリルを倒した僕を英雄視していることを、僕は知っている。

だが、ロナウドさんの働きの方がどれほど凄いか分かっている僕は、咄嗟《とっさ》に否定する。

「そんなことないです！　ロナウドさんの方がもっと……」

「あれ、ラウスト。まさか、僕の見立てがおかしいと言いたいのかい？」

「……なっ！」

少し眼光を強めながらこちらを見るロナウドさんに、僕はなんと言っていいか分からず、言葉を失う。

そんな僕の反応に、ロナウドさんは楽しげに笑う。

「はは、ごめん。からかいすぎたね」

「……やめてください。師匠からならともかく、ロナウドさんにそんなこと言われると、本気か嘘《うそ》か判断できないんですよ」

そう思わずボヤいた僕に、ロナウドさんはさらに楽しげに笑う。

やはり、今の言葉は冗談だったのだと理解して、僕は思わず苦笑する。

おそらく、ロナウドさんなりに僕のことを評価したと告げるためのやり取りだったのだろうが、少しやりすぎだと思いながら。

「でも、僕の言ったことは全部本気だよ」

……だからこそ、さらりと告げられたロナウドさんの言葉に、僕は固まってしまう。

しかし、そんな僕の反応など無視し、ロナウドさんは言葉を続ける。

「いいかい、ラウスト。君がどう思っていようが関係ない。君がいてくれたおかげで、ここまで被害を減らせた。君は紛《まぎ》れもなく今回の戦いの最大の功労者だ」

「……そんな、大袈裟な」

予想だにしなかった方向へと飛び始めた話に、僕は反論した。

「いや、大袈裟でもなんでもないよ。君は間違いなく、今回の戦いで大きな活躍をした」

だけどロナウドさんは一瞬でそれを否定する。

そして、申し訳なさそうな表情を浮かべ、ロナウドさんは話を続ける。

「今回でいえば、僕は責められるべき立場だよ。君の実力を過小評価していたのだから」

「そんなことないです！　足止めが精いっぱいで、僕達だってフェンリルを倒せるとは思っていませんでしたから」

ロナウドさんの言葉を僕は咄嗟《とっさ》に否定する。

するとロナウドさんは僕に頷《うなず》きながら言葉を続ける。

「……ああ、そうだね。今さらすぎたことを言ってもしょうがない。でもね、ラウスト。君には、きちんと自分達の価値を理解しておいて欲しい」

「価値、ですか？」

言葉の意味が分からず、僕は思わず問い返していた。

「そうだ。ラウストとナルセーナ――君達が今後迷宮暴走を生きぬくための鍵になる」

……ロナウドさんからの想像していなかった言葉に、僕は驚きを隠せなかった。

第68話 耐え抜く鍵

「僕達が、迷宮暴走を生き抜くための鍵？」

僕はロナウドさんの言葉を復唱する。

ロナウドさんの雰囲気から、その言葉が冗談の類でないのは分かった。

それでも、その言葉を僕は受け入れられずにいた。

「紛《まぎ》れもない事実だよ。……まあでも、少し説明が必要か」

ロナウドさんは、いつも通りの笑みを浮かべてそう告げる。

「ラウストは、迷宮暴走を収める方法を知っているかい？」

「え？　あ、迷宮の魔力がなくなるまで耐えきるか、迷宮暴走を起こした迷宮の中にいる主を倒すことですよね」

突然の質問に驚きつつも、なんとか口にした僕の返答にロナウドさんは頷《うなず》く。

「そうだね。現在取っている方法は前者の方法だ。で、今回なぜ僕達が後者の方法を取っていないのか分かるかい？」

「……迷宮の主が強力だから、ですか」

ロナウドさんの質問に少し悩んだ後、僕はそう答えた。

「ああ、その通り。今回は、迷宮の主に挑むことは悪手だと判断した。いや、実際のところは僕達ではこの迷宮の主に勝てないから、耐えることを選ばざるを得なかっただけというのが本当のところかな」

軽い調子で、けれど絶対に迷宮の主に勝てないと告げたロナウドさんに、僕は少なくない衝撃を感じる。

ロナウドさんと師匠がいてもなお、迷宮の主に勝てない。

改めて思い知らされてしまう。

超一流冒険者にとっても、この迷宮暴走は大きな脅威だということに。

「まあ、これだけの迷宮の主に勝てるとしたら、勇者ぐらいのものだろうからね」

「ゆ、勇者」

ロナウドさんの言葉を反復しながら、僕の頭の中に勇者に関する情報が浮かぶ。

曰く、二百年に一度、復活する邪龍を倒すために創造神から遣わされる存在。

曰く、最悪の邪龍を殺せる唯一の存在。

曰く、スキルを超越したとされる存在。

最強と呼ぶに相応しい存在であることを知るからこそ、僕は動揺を隠すことができなかった。

……そんな存在でしか倒せない相手を自分達は相手にしていると信じたくなくて。

そんな僕の葛藤をよそに、ロナウドさんは僕に語り掛けてくる。

「ああ、ラウストの想像している、その勇者だよ」

「邪龍と同じだけの脅威、ということですか」

「いや、そんなことはありえない。邪龍と比べれば遥《はる》かに小さな存在だよ。……まあ、僕達に勝ち目がないということだけは同じだけどね」

今まで通りの軽さで、けれど一切の迷いなくそう断言するロナウドさん。

ようやく僕は理解した。

なぜ、迷宮都市に来た当初、師匠があれだけ焦っていたのか。

そして、ミストの協力がなければ生き残れないと言い切ったのか。

呆然《ぼうぜん》と立ち尽くす僕に、ロナウドさんは言葉を続ける。

「だからね、僕は正直今回の迷宮暴走は諦めていたよ。僕とラルマ程度じゃ、迷宮暴走を耐え抜くなんて不可能だとね」

そのロナウドさんの言葉に、僕はかつて自分達でさえ、生き残れるかどうか分からない、そう言っていたことを思い出す。

だけど、僕の中に動揺はなかった。

なぜなら、言葉に反して、ロナウドさんの声には強い力が込められていたことに僕は気付いていたから。

「だけど、今日の戦いで僕の見込みは大きく変わった。三十日の間耐え抜くことは容易ではないが、決して不可能じゃないと今の僕は考えている」

ロナウドさんの日には、僕が何者か、問いかけた時と同じような雰囲気が戻っていた。

「迷宮暴走が始まると、大体五日周期で大量の魔獣が迷宮から生み出される。おそらく今回以上の数の超難易度魔獣が押し寄せてくるだろう」

ロナウドさんの言葉に、今から五日後を想像し、僕の顔は引き攣《つ》る。

初日である今日以上の数の超難易度魔獣が現れる？

二体の超難易度魔獣でもぎりぎりだったというのに……。

不安にかられる僕をよそに、ロナウドさんは話を続ける。

「次回の周期に必要なのは僕やミストといった複数体の超難易度魔獣をまとめて相手にしても負けない人間じゃない。超難易度魔獣を素早く片付けられる殲滅《せんめつ》力だ」

「……殲滅《せんめつ》力」

ようやく僕は気付き始めていた。

なぜロナウドさんは、僕とナルセーナが迷宮暴走を生き抜くための鍵なのかと告げた、その理由に。

「だから、僕達が鍵なんですね。……超難易度魔獣一体を倒す速さであれば、一番速い僕達が」

たしかに僕とナルセーナでは、複数体の超難易度魔獣を相手にして耐える実力はない。

僕とナルセーナには、そこまでの実力はない。

――ただ、一体の魔獣を殲滅《せんめつ》する力だけは、迷宮都市一だと僕は理解していた。

そして、今の状況ではその殲滅《せんめつ》力こそが、なにより必要なのだ。

次々と現れるだろう超難易度魔獣を、一秒でも早く倒せる殲滅《せんめつ》力が。

自分達の役割、それを改めて悟った僕へと、ロナウドさんは静かに問いかけてくる。

「ラウスト、君とナルセーナには重要な役割を背負わせることになる。君達がどれだけ早く超難易度魔獣を減らせるかで、戦況は大きく変わるだろう。……その役目をお願いできるかい？」

ロナウドさんの言葉は、今までにない重さを含んでいた。

「分かりました」

――そう理解した時、僕はロナウドさんに頷《うなず》いていた。

「……ありがとう、ラウスト。すまないね。重い役目を任せてしまって」

そんな僕に、ロナウドさんは僅《わず》かな申し訳なさを滲《にじ》ませている。

「気にしないでください。僕達ならできますから」

そんなロナウドさんに対し、僕はかつてフェンリルの足止めを請け負った時と同じように答える。

——その時にはなかった、自分達ならできるという自信を浮かべながら。

「二人がかりなら、問題なく超難易度魔獣を殲滅《せんめつ》できると思います。……ナルセーナと一緒なら、絶対に」

一瞬、いまだナルセーナを見つけられていないことに、少し詰まりながらも僕はそう言い切る。

思い出すのは、フェンリルとの戦い。

最初から二人で戦っていれば問題なく倒せる自信が僕にはあった。

そんな僕の様子に、どことなく柔らかい笑みを浮かべ、ロナウドさんは告げる。

「……そうだね。君達なら間違いないか」

ロナウドさんの言葉が本心から僕達を頼りにしているように感じて、僕は小さく笑う。

ロナウドさんの言葉が嬉しい言葉であったからこそ、本来この場所に一緒に来るべきだった人物がいないことを意識してしまった。

そんな時、ロナウドさんが僕を見て首を傾《かし》げる。

「……そういえば、ナルセーナは別なんだね？」

そのロナウドさんの言葉に、僕は反射的に尋ね返す。

「ロナウドさんは、ナルセーナの居場所を知りませんか？」

「ああ、もしかしてラウストがあの場所にいたのは、ナルセーナを探してのことだったのかい？」

「はい。見当たらなかったので、マーネル達に聞こうと思って」

「それなら、広場の人間に聞いても無駄だと思うよ」

「……え？」

「結構長い間、僕もあの場所にいたけどナルセーナらしき人影は見なかったから。だから、あそこにいる他の人間に聞いても知らないと思うよ」

手がかりを失い僕は項垂《うなだ》れる。

そんな僕を目にし、ロナウドさんは申し訳なさそうに口を開いた。

「ああ、大丈夫。心当たりはあるから」

「どこですか！」

思わず食い気味に尋ねた僕に対し、少し呆《あき》れたように笑いながらも、ロナウドさんはすぐに教えてくれる。

「宿屋のところだよ。冒険者の宿泊場所をまとめるために作業してもらっているんだけど、そこで冒険者達に協力してもらっているみたいなんだ」

そのロナウドさんの言葉を聞きながら、僕は宿屋の場所を脳裏に思い描く。

「ありがとうございます！」

そこは一度はナルセーナがいるかもしれないと考えた場所だった。

それならば、その時に迷わず行っておくんだったと思いながらも、僕はその場所に向かおうとして。

……ふと、あることに思い至る。

――今まで広場を回った中、師匠も見かけなかったなと。

「ロナウドさん、師匠はいつもの場所ですよね？」

「ん？　ああ、ラウストが思い描いている場所にいると思うよ」

見た目に反して下戸な師匠は、その場所でゆっくり休んでいるのだろう。

師匠のいると思われる場所、そこは宿屋からかなり離れた場所だ。

ナルセーナを探していたりすれば、今日師匠の下に行けるかどうか分からない。

しかし、僕にはすぐにでも師匠にたしかめたいことがあって。

宿屋に向かおうとしていた僕がいまだに動き出さないことに、ロナウドさんが怪訝《けげん》そうな顔をしている。

「どうしたんだい、ラウスト？」

ロナウドさんからの問いに、僕はなんでもありませんと答えようとした。

だけどそこで、このことは、ロナウドさんに任せればよいのではと閃《ひらめ》く。

「あ！　すいません、少し師匠についてお話ししたいことがあるんですが、大丈夫ですか」

「……ラルマに関して？」

「はい」

城壁を越えて魔獣と戦う前にミストに聞かされた『師匠の命を救いたいならば、師匠から目を離すな』という忠告についてロナウドさんに語った。

「……意味は分からないのですが、ミストにそう言われて」

無言で話を聞くロナウドさんにお願いする。

本来ならば、自分で師匠にたしかめに行くつもりだったが、もしかしたら明日になるかもしれないこと。

できれば、ロナウドさんの方で師匠の様子を見守って欲しいということ。

「……そうか、ありがとう。ラウスト」

全てを話し終わった後、ロナウドさんの態度がどこかおかしく感じる。

だが、その違和感はほんの一瞬のことだった。

「分かった、ラルマに関しては僕に任せてくれ。ラウストはナルセーナのところに行きなさい」

そう告げたロナウドさんは、すでにいつも通りの様子だった。

……今はなによりもナルセーナを見つけないと。

少し違和感を覚えながらも僕は、ロナウドさんに頭を下げて立ち去ろうとする。

「最後に一ついいかい？」

ロナウドさんが、今までと違う真剣な声を僕にかけてきたのは、その時だった。

不安を滲《にじ》ませながら振り向き戻ろうとするが、僕の動作をロナウドさんが止めた。

「いや、戻らないでいい」

一体どうしたのか、怪訝《けげん》そうな顔を隠せない僕を気にすることなくロナウドさんは言葉を続ける。

「僕の経験上、これだけ大きな迷宮暴走は、大体二周期目で全てが決まる。三周期目からは魔獣が極端に増えることはなくなるんだ。つまり、五日後の二周期目を乗り越えられるかがなによりも重要になる」

ロナウドさんの言葉に、僕は思わず息を呑む。

五日後に全てが決まる。

そのことを認識し、無意識のうちに僕の表情は硬くなる。

そんな僕と対照的に、ロナウドさんは自然体で笑っていた。

「だけど僕は、君なら……いや、君達なら問題ないと思っている。君達は間違いなく、僕の見てきた中での最高のパーティーだ。――誇りを持っていい」

その言葉に、僕は気分が高揚していくのが分かる。

そして、どうしようもなくナルセーナとこの気持ちを共有したかった。

僕を見てロナウドさんは笑みを浮かべている。

「それだけの話さ。時間をとって悪いね。ナルセーナにも伝えてくれると嬉しい」

「はい。ありがとうございます!」

お礼を告げると、僕はナルセーナのいるだろう宿屋に向けて走り出した。

第69話　遭遇と逃亡

迷宮都市の中、宿屋が集まる場所。

そこでは、広場とはまた違った熱気が渦巻いていた。

「それ、お願いするよ！」

「分かった！」

指示を出す街の宿屋の主人に、あちらこちらに行き来する少年少女達。

数百人を超える冒険者達のため、彼等は必死に働いている。

想像していた以上の様子に唖然《あぜん》とする。

「……まさか、こんなことになっているなんて」

そして僕は、働く若い少年少女達に目を奪われていた。

彼達は、街の人達と同じような汚れてもいいような服を着ている。

だが、僕の記憶が間違いでなければ、彼達は孤児院から出たばかりの若い冒険者達のはずだ。

おそらく、戦力として数えるには頼りないと判断されたので、彼達はここで労働しているのだろう。

「誰か来てくれないか？」

「今行く」

けれど、働く彼達からは不満のようなものは感じられなかった。

それどころか、冒険者として活動していた時よりも充実しているように見えて、僕は笑みを浮かべた。

はっきりと言葉にはできない。

けれども、たしかに今までどこかおかしかった迷宮都市の淀みが、ゆっくりとだが確実に循環し始めたのを感じて。

……迷宮孤児に生まれたら、冒険者としてしか生きる道がない。

それこそが、冒険者達が他者を退けて生きるようになった要因だった。

その悪夢のような連鎖が、少しずつ薄れてきている。

そう理解した僕は、少しの間働く彼等を見つめていた。

自分が一体なにを守るのか、そう考えながら。

「ラウストさん……！」

背後から、僕を呼ぶ声が響く。

突然のことに僕は、動揺しながら振り返る。

すると、そこにいたのはジークさんのパーティーメンバーで、かつて僕と同じパーティーだった魔法使いだった。

「……アーミア？」

「はぁ、良かった。見つけられて……！」

どこかアーミアは安堵《あんど》した様子をしている。

そんなアーミアに対し、僕は疑問を隠せなかった。

「……なにかあったの？　というか、その格好は？」

今のアーミアは普段のローブを身にまとってはいなかった。

それだけであれば、僕もそこまで驚かなかったかもしれない。

だけどアーミアは、他の若い冒険者と同じ格好——街娘の姿をしていた。

長髪を後ろで結び、頭を大きなハンカチのような布で括《くく》り、少し汚れたエプロンを身につけたアーミア。

ここで働いている若い冒険者達は、今回の戦いに参加できない人間のはずだ。

だからこそ、今ここで働いているアーミアに僕は思わず尋ねてしまう。

「休むことも仕事の一つだよ。無理はしない方がいいと思うけど」

「私は今回の戦いでは、ライラさんに助けられてばかりでしたし……。それに、ロナウドさん

やライラさんがまだ働いているのに、私だけ休むのは」

……その言葉に、ライラさんに冒険者を押しつけてしまった僕の胸がちくりと痛む。

「それよりも、ラウストさんにお願いしたいことがあるんです。付いてきてください！」

「……なっ！」

そう言った瞬間、僕の手を引き、アーミアが走り始める。

僕に一切振り向くことなく、アーミアはどんどんと速度を上げる。

必死についていきながら、僕はアーミアに尋ねる。

「……一体どこに向かってるんだ？」

アーミアが走るのは、長年迷宮都市に住む僕でさえ通ったことのない、入り組んだ道だった。

アーミアは、様々なお店の裏を通って、どんどん進んでいき、そしてある店の裏で立ち止まる。

どうも宿屋のようだが、僕には見覚えがない。

戸惑う僕をよそに、アーミアはさっさと店の中に入ってしまう。

「……仕方ないか」

少し悩んだ後、僕はアーミアに続く。

お店に勝手に入るのも悪い気はするが、中に入らなくてはアーミアのお願いがなにか分からない。

「ゴミをすてるだけなのに遅かったね、アーミア」

――探し求めていた人の声が聞こえたのは、その時だった。

その瞬間、僕は店の奥に向かって走り出していた。

決して広いとは言えない店の中、僕はすぐにアーミアと背中を向けた声の主を見つけた。

丁度、声の主もゆっくりと振り返る。

アーミアを間に僕と目が合った声の主、ナルセーナはその動きを止めてしまう。

そして、僕もナルセーナと同じように固まってしまう。

ナルセーナの格好に見惚れていた、というあまりにもな理由だったが。

――ナルセーナの格好は、いつもと違う街娘の格好だった。

その格好はアーミアとほとんど同じものだ。

けれど、いつもとまるで違う格好をしたナルセーナは新鮮だった。

短いサファイアブルーの髪を布で覆《おお》い、エプロンを身につけた姿。

決して綺麗とはいえないエプロンでさえ、ナルセーナを魅力的に輝かせていた。

このまま何事もなければ、ずっと僕は見とれていたかった。

しかし、僕はすぐに正気に戻されることになった。

「……っ！」

――僕に気付いたナルセーナが店の外に向け走り出したことによって。

そして、僕達が入ってきた裏口とは別の入口、おそらく表口から出ていってしまったナルセーナ。

逃げたとしか思えないその行動に、僕は唖然《あぜん》と立ち尽くす。

「追ってください！」

だが、そんな僕をアーミアの叫び声が正気に戻す。

ナルセーナはもうここにはいない。

けれど、まだ追いつけるはずだ。

そう判断した僕は、反射的にナルセーナの背を追い店を飛び出した。

◆◆◆

身体強化を使っているのか、逃げていくナルセーナに僕は追いつけずにいた。

なんとか見失わないよう追いかけることで精一杯の状態だ。

だけど僕に焦りはなかった。

なぜなら、今まで迷宮都市で生きてきた僕は知っているのだ。

ナルセーナが走っていくその先は、行き止まりだということを。

ナルセーナが立ち止まったのは、それから少し走ってからのことだった。

「……あ」

呆然《ぼうぜん》と前の壁を見つめるナルセーナ。

少しの間逃げ道を探すように、周囲を見渡しているが、諦めたかのようにこちらを振り返る。

それでも僕は、ナルセーナなら最悪壁を越えて逃げられると知っているので、警戒心を解《と》かずナルセーナに近づいていく。

僕がナルセーナの目の前へと辿り着くと、彼女は力の抜けたへにゃりとした笑みを浮かべた。

「そんなに警戒しなくても、もう私は逃げないですよ」

そう言うと、ナルセーナは壁に背を預けて座り込む。

座り込んでしまえば、一度立たなければならず、容易には逃げられない。

ようやく僕は警戒心を緩めた。

「思わず逃げちゃってごめんなさい。少し一人で考えたいことがあって……」

「いや、その。こちらこそ、追いかけちゃってごめん」

――今からどうすればいいのか、まるで分からないことに気付いたのはその時だった。

頬から一筋の汗が滴り落ちる。

アーミアに言われ、咄嗟《とっさ》に追いかけてきたのはいいものの、僕はなにをどう話せばいいのか考えていなかった。

内心大いに焦りつつも、僕はとりあえずロナウドさんに言われたことをナルセーナにも伝えることにした。

「そういえば、ここに来る前ロナウドさんと話したんだけど、僕達を褒めてくれたよ。しかも、僕達が迷宮暴走を耐え抜けるかの鍵になるだろう、って」

「……ロナウドさんが？」

僕の言葉に、ナルセーナが小さく笑みを浮かべてくれる。

けれど、そんなナルセーナの態度は、明らかに他のなにかに意識を奪われているのが分かる。

その姿に、僕は決意する。

このまま話し続けていたところで、決して良くなることはない。

きちんと謝らねばならないと。

僕はナルセーナへと頭を下げた。

「色々と心配をかけて、ごめん」

「……え？」

僕の謝罪に、ナルセーナが困惑している。

困惑する様子に少し異常を感じながらも、とにかく今は誠心誠意謝罪せねばと、僕は言葉を続ける。

「フェンリルとの戦いの時、色々と無茶をしてごめん。でも、あの時は《ヒール》がうまく発動しなかっただけで、別に無茶をしようとしたわけじゃ」

「そ、その、待ってください！」

どこか焦ったような声で、僕の言葉を遮《さえぎ》るナルセーナは、さっき以上に混乱した表情を浮かべている。

「……その、どうしたんですか？　急に」

「え？　無茶な戦い方をした僕に怒っていたんじゃないの？」

思わず僕がそう尋ねると、ナルセーナは困ったような顔をする。

「少しはびっくりしましたし、心配しましたけど。謝って欲しいほどのことじゃないですよ」

「だったら、どうして僕を避けるような……」

……僕の言葉に、ナルセーナは無言になってしまう。

なにがナルセーナにこんな態度を取らせるのか、僕には分からない。

「なにを言えば良いのか」そんな迷いに僕もまた、なにも言えなくなってしまう。そんな僕を見たナルセーナは泣きそうにも見える笑みを浮かべる。

「……勘違いさせてしまって、ごめんなさい。別に私が逃げていたのは、お兄さんに怒っていたからじゃないですよ。ただ、一人になりたかっただけですから」

ナルセーナは、どこか気負ったような雰囲気をしつつも笑みを浮かべる。

「本当に、大したことじゃないんです。明日には、きちんと頑張ります。……だから、今日だけ一人にしてもらっていいですか？」

おそらく言葉の通り、ナルセーナは明日になればなにもなかったように振舞うだろう。

冒険者としてのナルセーナを知る僕は、そう確信できる。

……だけど、僕はその場を去ることができなかった。

冒険者としては信じられても……好きな一人の女の子を、このような状況で放っておくことができなかった。

——たとえそれが、一人になりたいのではなく、僕と離れるための口実だとしても。

だから僕は、返事もせずナルセーナの傍《そば》による。

「……えっと、お兄さん？」

「そ、その、今の僕は壁だと思ってくれていいから」

……自分でもなにをやっているのだろう、そう思う。

けれど僕は、羞恥心を抑えて言葉を重ねる。

「だから、休みたかったらもたれかかってくれていいし、壁に誰かの愚痴《ぐち》を言ってもおかしくないと思う」

内心、緊張と焦りで震えながら、僕はそうナルセーナに告げる。

ここで、本当に僕に対する愚痴《ぐち》を言われたりすれば、正直数週間は引きずる自信がある。

……それでも、ここにこんな顔のナルセーナを置いていくことだけは、僕にはできなかった。

「ふふ。なんですか、それ」

そんな僕を見てナルセーナは小さく、それでも声を上げて笑った。

そして、俯《うつむ》き呟《つぶや》く。

「……だから、嫌だったのに」

だけどそれは苦悩したような声だった。

そして俯《うつむ》いたままナルセーナは僕に尋ねてくる。

「お兄さん、一つ聞かせてもらってていいですか？」

ナルセーナの問いかけに、内心びびりまくりながらも僕は平静を装って口を開く。

「……壁にそんなこと聞く必要はないと思うよ」

「そう、ですね。それじゃ、一つ教えてください」

その言葉を聞きながら、僕は内心覚悟を決める。

ここでどんな愚痴《ぐち》を言われても、心を折らず悪いところを改善しようと。

だけどそれは杞憂のものであった。

ナルセーナは震える声で僕に改めて問いかけてくる。

「……私は、お兄さんの役に立ててますか？」

それは僕の想像もしていない質問だった……。

第70話　ナルセーナの後悔

ナルセーナの質問に僕は一瞬言葉を失う。

とはいえ、ナルセーナが役に立っているかどうかなんて考えるまでもない話だ。

そんな僕の内心を見抜いたように、ナルセーナは笑う。

「……いえ、こんな尋ね方は駄目ですね。お兄さんは役に立たないなんて、言うわけないですもんね」

そう告げたナルセーナは、再び消沈した雰囲気になる。

「お兄さんは優しいですから」

思いがけないナルセーナの言葉に、僕は反射的に言い返す。

「僕は本当にナルセーナに今まで助けられてきたと思っているよ。情けでいい加減なことは言わない。そのことについては誤解しないで欲しい」

「……ありがとうございます」

その僕の言葉に、ナルセーナは嬉しそうに微笑む。

けれど、それだけだった。

「お兄さんにそう言ってもらえると、本当に嬉しいです。それに私も、自分が他の冒険者よりは強いとは思っています」

だけど、言葉を重ねていくごとにナルセーナの顔から笑みが消えていく。

それに気付きながらも、僕はなにも言えずにいた。

「……でも、お兄さんの横に立って戦えていたか、そう頷《うなず》ける自信が私にはないんです」

ナルセーナは泣きそうにも見える表情でそう告げる。

「そんなことない！」

僕は咄嗟《とっさ》にナルセーナの言葉を否定する。

そのナルセーナの言葉は、認めることができなかった。

「今回のフェンリルも、僕だけじゃ倒せなかった。ナルセーナが来てくれなかったら、僕はあのままフェンリルに倒されていたよ。ロナウドさんだって、僕だけじゃなくナルセーナを含めて、今回の功労者だと言ってくれたんだ」

一人では時間を稼ぐことしかできなかった。

それが勝てたのはナルセーナが助けてくれたからだ。

僕は必死にナルセーナに訴えかける。

だけど、真正面から僕を見つめるナルセーナの表情が変わることはなかった。

「でも、でも、私がオーガを足止めできていれば……お兄さんが追い込まれることも、その後倒れることもなかったんですよ」

「……っ！」

その言葉に込められた深い後悔に、僕は一瞬言葉を失う。

けれどすぐに我を取り戻し、僕はナルセーナの言葉を全力で否定する。

「違うよ、そんなことはない！」

たしかに、あの時オーガが来たことで僕は怪我を負った。

だけど、そのことでナルセーナを責める気なんてない。

それどころか、フェンリルを倒せたことを考えれば、些細なことでしかないと、僕は思っていた。

そもそもフェンリルを倒した後、僕が倒れたのは、《ヒール》の効果が弱いという不幸と、ぎりぎりまで勝負をつけることにこだわった僕のミスでしかない。

「ナルセーナは間違いなく最善を尽くしてくれていた。僕が選択を間違えて倒れただけで、ナルセーナにはなんの非もないんだ」

「優しいですね、お兄さんは」

……だけど、僕の言葉はナルセーナに届かない。

そんなナルセーナの様子に、自分の言葉がただ慰めとしか受け取られていないことに気付く。

「待って、ナルセーナ。本当に慰め……」

慌てて続けようとした僕の言葉をナルセーナの声が遮《さえぎ》る。

「別に、そんな必死に慰めようなんてしなくていいんですよ、お兄さん。私は分かっていますから」

それは震えが混じった声だった。

目に溜まった涙を、必死に笑顔で隠そうとしながら、ナルセーナは続ける。

「私がお兄さんの横に立つ実力がないことぐらい」

「そんなことない！」

「いいえ。だってもう、お兄さんは私がいなくても十分強いじゃないですか」

そのナルセーナの言葉は穏やかだけれど、そこには強い後悔が込められていて。

僕は思わず言葉に詰まる。

……一体どうすれば、そのナルセーナの後悔を和らげるのか僕は分からなかった。

強さなんて関係ない。

僕はナルセーナに傍《そば》にいて欲しい。

なのに、その気持ちがナルセーナにまるで伝わっていない。

このまま黙っていれば、肯定と取られてしまうだろう。

そう分かっているのに、僕はなにも言うことができなかった。

「そんな顔、しないでください。別に責めているんじゃないんですから」

そんな僕へと、震えた声でナルセーナが告げる。

「全ては、全然使い物にならなかった私のせいなんですから」

……違う、ナルセーナが使い物にならないなんてことはない。

そう内心で叫びながら、僕はどうすればナルセーナに話が通じるか考える。

どうすれば、僕の思いをナルセーナが理解してくれるのか。

そんな僕の内心を知る由《よし》もなく、ナルセーナは力ない笑顔で続ける。

「……こんな、もう少しで取り返しのつかないミスを……してしまって」

言葉の途中、嗚咽《おえつ》が混じり、抑えきれなくなった涙がナルセーナの頬を伝う。

「……本当にごめんなさい」

「ちが、僕は」

ナルセーナの謝罪に、反論しようとするが、僕はなにを言えばいいのか分からない。

どうすれば、今のナルセーナに伝わってくれるのか分からず、それ以上言葉がでてこない。

「もう一つだけ、聞かせてください」

涙に濡れた目をこちらに向けて、ナルセーナは問いかけてくる。

「お兄さんにとって、私は必要ですか……？」

僕は完全に理解する。

本当にナルセーナが聞きたかった質問は、これなのだろうと。

そして。

自分がナルセーナになにを伝えるべきなのか、ようやく僕は悟る。

「ふふ、そっか。ああ、そうだった」

どうしようもなく簡単なことに気付かなかった自分に、僕は思わず笑ってしまう。

僕は肝心なことが分かっていなかったと。

本当に僕がすべきなのは、ナルセーナの後悔を和らげることじゃない。

――僕がどれだけナルセーナを必要としているか、それを伝えることだ。

「おにい、さん？」

突然笑いだした僕に対し、ナルセーナは驚きの表情を浮かべている。

そんなナルセーナを見ながら、僕はある話をすることを決める。

今がその時なのだと、そう判断して。

「突然笑っちゃってごめんね。でも少しだけ話したいことがあるんだ。話させてもらっていいかな？」

ナルセーナの頭を撫でながら頼むと、ナルセーナは無言でこくりと頷《うなず》く。

僕は語り始める。

ずっと前から、いつかナルセーナに明かそうと思っていた——本来なら、告白の際にしようと思っていたその話を……。

第71話　二つの救い

「えっと……これは、僕の知人の冒険者話なんだけど」

「……え？」

話したいことが知人についてだと考えていなかったのか、ナルセーナが驚きの声を上げる。

しかし、僕は気付かない振りをして話を続ける。

「その人には、人生を二度助けてくれた女の子がいるんだ」

「二回も、ですか？」

「うん。その二回もどん底からすくい上げてもらったんだ」

そう、これは僕とナルセーナとの話だ。

どうせすぐに分かってしまうだろうけど、恥ずかしさを少しでも抑えるためにあえて知人という体で話を続ける。

草原でゴブリンと戦った時のこと。

そして、追放されたその時に僕のパーティーに入ってくれた時のこと。

今となっても鮮明に記憶している出来事を頭の中に思い浮かべながら、僕は話を続ける。

「一度目は、自分の価値が分からなくなり、死んでやろうと思っていた彼は、その女の子に生きる意味を与えてもらったんだ」

僕の話をナルセーナは真剣に聞いてくれていた。

けれど、その目には変わらずなぜこんな話をするのか、そう言いたげな表情が浮かんでいる。

その様子に、まだこの話の女の子が自分だなんて、気付いていないことが僕には分かってしまう。

だからもう少し、分かりやすくするために詳細を付け加えることにする。

「僕の知人はね、冒険者であっても優秀じゃなかったんだ。いや、優秀どころか一切才能がなくて、欠陥と揶揄《やゆ》されていてね」

「……え？」

ナルセーナが驚きの声を上げる。

僕は気付かない振りをしながら話を続ける。

「それなのに女の子は彼へと言ったんだよ。大きくなったら私がパーティーに入ってあげるってね」

「……っ！」

全てを理解したのだろう、ナルセーナの赤くなった目がまん丸になる。

だが、なぜ僕が知人という体で話し出したのか分からないのか、面白いように混乱している。僕はまだ「あの時の女の子がナルセーナと同一人物だと分かっている」と伝えていないのだから仕方ないことかもしれない。

「まあ、その女の子は貴族だったらしいから、冒険者は無理じゃないかとその時知人は思っていたらしいけどね。もしかしたら、その女の子は思ったよりもお転婆だったのかもしれない」

「……なっ！」

つい、悪戯《いたずら》心が湧いて揶揄《からか》うと、ナルセーナは暗い中でも分かるほど顔を赤くする。

どうやら、ナルセーナにとっても恥ずかしい思い出なのかもしれない。

だけど、その言葉に僕は間違いなく救われた。

その女の子に恥ずかしくない実力を、そう思うだけでどんな苦労も乗り越えられた。

だから僕は、その感謝の気持ちを再び言葉にする。

「その言葉は知人にとってそれからの人生の、大きな、とても大きな支えになったんだ。その女の子が本当に冒険者になるなんて思っていなかったとしても」

そう、あの時僕は、ナルセーナがやってくるなんて信じてはいなかった。

それを許される環境でないぐらい、容易に想像できたから。

——それでも、そんなこと関係なかった。

「たとえそうだとしても、『女の子がいつか自分の前に来るかもしれない』そう考えるだけで知人は頑張れたんだ。それがなければ、知人はとっくの昔に死んでいただろうね。だから、それが一つ目の救い。その時、知人の人生は大きく変わったんだ」

ナルセーナは僕の話を無言で聞いている。

けれど、その口元がぴくぴくとひくついて、ナルセーナが笑みを堪《こら》えているのは明らかだった。

そんなナルセーナの様子に、僕も笑ってしまいそうになる。

だけど、僕が気付いていないと思っているからこその反応だと分かるので、今はまだ必死にこらえる。

「そして、次に知人が救われたのはそれから数年後の話。その時まで知人は必死に努力をしていた。それでも入ってたパーティーから追放されてしまって、大きく疲労していたんだ」

今から考えれば、あの時の自己評価はおかしかったと分かる。

けれど、当時の僕はそんなこと気付く余裕はなかった。

丁度その頃僕は、どれだけ鍛えても、特殊な状況でしか活躍できない自分の能力に、限界を感じていた。

さらには僕を評価してくれる人間もいなかった。

パーティーを追放されたあの時、内心大きく傷ついていたが、当然のことだと思う自分もいた。

――お兄さん！　私をパーティーに入れてくれませんか？

だから、今でも僕はあの時のことを鮮明に思い出せる。

二度目に人生が変わったその瞬間を。

まだあの時から大きく時間が経ったわけじゃない。

だけども、信じられないくらい大きく変化した今の自分の環境を思い、僕は笑う。

「そんな時、欠陥と言われていた知人のパーティーに入ってもいい、なんて女の子が現れたんだ」

「……っ！」

すでに自分達のことだと完全に理解しているであろうナルセーナだが、僕の言葉に思わず声を上げさらに顔を赤らめる。

そんなナルセーナを真っ直ぐと見つめ、僕は続ける。

「その女の子が来てから、知人の世界は大きく変わった。努力していると認められた。使いづらい能力を肯定してくれた。そんな女の子が、かつての約束を守ってきてくれた女の子だと気付いた時、知人は二度目の救いを得たんだ」

もう言い逃れのできない言葉。

ナルセーナの目が大きく見開かれる。

そして少しの間、僕とナルセーナの間に静寂が訪れた。


しばらくして、なんとか自分を落ち着かせてたのか、ナルセーナが口を開く。

「……いつから、気付いていたんですか」

「なんのことかな？　これは僕の知人の話だよ」

「なっ⁉」

しかし僕は真面目に答えることなく、意味をなさないと知りつつも知人という建前で惚《とぼ》ける。

不満を隠そうとしない目で、ナルセーナが僕を見てくる。

だけど僕は、気付かぬ振りをして目を逸《そ》らす。

でも、仕方がない。

まだ彼女に伝えないといけない言葉があるのだから。

ヘタレと言われるかもしれないが、自分として話すのはあまりにも恥ずかしい。

自分の頬に熱が集まっていることを感じながら、僕は内心でナルセーナに謝る。

「とにかく知人は、こうして二回も同じ女の子に救われたんだ」

僕は強引に話を戻すと、改めてナルセーナに話しかける。

ナルセーナは釈然としなさそうではあるが、それでも黙って話を聞いてくれる。

「だからね、知人にとって、その女の子はとても大切な人なんだよ。知人にとって、その女の子は生きる理由を、目的を与えてくれた恩人で」

そこで、僕は一瞬言葉を切る。

次の言葉がどういう意味を持つか分かっているから。

……でも伝えないとダメだ。

意を決した僕は、ナルセーナを真っ直ぐ見つめる。

「――誰よりも、それこそ世界よりも大切な、かけがえのない人になっていたから」

「……ふぇ」

その言葉を受けて、一瞬ナルセーナはぽかんと口を開き。

「な、なっ⁉」

一拍の後、その言葉の意味を理解したナルセーナは取り乱し始めた。

「え、ええ⁉　あ、あえ、ああ！」

挙動不審になったナルセーナは、真っ赤に染まった顔をこちらに向けてくる。

しかし、その目線から顔を逸《そ》らし、僕はテレを隠すように言葉を紡《つむ》ぐ。

「知人曰く、なぜかその女の子は、とんでもなく努力家で強いのに、自己評価が低いんだって。超難易度魔獣を一緒に倒したし、実力的には間違いなく一流なのに。それでも『自分は必要か』なんて、答えるまでもなく当たり前のことを聞いてくるらしいんだ」

「……うぐ」

そう言うと、僕はじっと半目でナルセーナを見つめ返す。

「……本当にごめんなさい。で、でも、今ぐらい、もっと別の言葉をかけてくれても良いじゃないですか！　いじわる！」

「ふふ」

「うう――！」

不貞腐《ふてくさ》れたようなナルセーナの様子に、思わず僕は笑みをこぼす。

拗ねたようにナルセーナは膝に顔を押し付けている。

そんなナルセーナの頭を撫でながら、僕は優しく声をかける。

「そもそもね、ナルセーナが戦えようが、戦えまいが関係ないんだ」

本格的に拗ねてしまったのか、僕の言葉に返事はない。

それでも僕は気にせず続ける。

「僕にとって、その女の子は大切で唯一の存在だから」

ぴくりと、ナルセーナの身体が反応したことが、頭を撫でる手から伝わってくる。

「僕がこうして努力できたのも、他の人達と話すようになれたのも、フェンリルと戦おうと思えたのも、全部ナルセーナのためで、ナルセーナがいたおかげだから」

僕の言葉に、ナルセーナが顔を上げる。

その隙を逃さず、両頬を手で覆《おお》って、真っ赤に熟れたその顔を真正面から見つめる。

「だから、必要かなんてつまらないことで悩まないで。僕が今こうして立っていられるのはナルセーナがいるからで──僕の望む幸せは、ナルセーナといることだから」

その言葉に、信じられないと言いたげにナルセーナの目が見開かれる。

その様子を見ながら、僕は自分の顔に熱が集まっているのを感じていた。

早鐘を打つ僕の心臓が煩《うるさ》い。

なんとか平静を装いながらナルセーナの熱い頬から手を離し、僕は立ち上がる。

「……はぁ」

口から出た吐息は、想像以上の熱がこもっていた。

今さらではあるが、自分の内心を言いすぎた気がする。

それでもなんとか……ほとんど気持ちをさらけ出してしまったけれども、最後の一線は思いとどまる。

もうほとんど内心を吐露《とろ》してしまったが、こんな迷宮暴走真っ只中で、思いを告げるのだけは避けることができた。

必死に自分に歯止めをかける。

だがこの状況では、いつ耐えられなくなってしまってもおかしくない。

「その、そういうことだから。本当に悩まなくていいからね。迷宮暴走が終わってから、またゆっくりと話そう。……僕は少し、頭を冷やしてくる」

僕はナルセーナにそう告げると、この場から離れようとした。

けれどローブがなにかに固定され、立ち去ることができなかった。

「……ん？」

なにかに引っかかったのかと、怪訝《けげん》に思いながら後ろを見ると、ナルセーナが座りながらも僕のローブを摑んでいた。

そしてナルセーナは、潤《うる》んだ瞳で僕を見つめていた。

やがて、暗闇の中でありながらもナルセーナは目が離すことができないほどの色気を帯びていく。

「……ごめん、なさい。もう、無理です。私だって、必死に我慢してきたから！」

ナルセーナは少しの逡巡《しゅんじゅん》の後、覚悟を決めたように口を開く。

「わ、私はお兄さんのことが……」

その時、コツンとなにかが落ちたような音が闇の中に響いた。

僕達は、ゆっくりと音の鳴った方へと目を向ける。

「あ、その」

僕達の目に飛び込んできたのは、急いで地面に落ちたなにかを取ろうとするライラさんと、その後ろで口元を覆《おお》うアーミアの姿だった。

「な、ななな、ななん、でぇ⁉」

羞恥心からだろうか、涙目になったナルセーナが声を上げながら立ち上がる。

「い、いつから、いつから！」

必死に自分の顔を隠そうと、手を上げながら後ろに下がっていったナルセーナは、僕が止める間もなく背後の壁に盛大な音を立てて、頭をぶつける。

「…………っぅ！」

そして声なき悲鳴をあげながら、その場にうずくまるナルセーナ。

そんなナルセーナの姿に、なにを言っていいか分からず、誰もが口を閉ざす。

……その僕達の態度が逆効果だったのか、ナルセーナの青い髪から覗く耳までもが、真っ赤に染まっていた。

いたたまれない空気に包まれる中、痛みから解放されたナルセーナが再び立ち上がる。

「そ、そうだ！　私、やらないといけないことがあったので、ここで失礼しますっ！」

よほど痛かったのか涙声でそう言うと、身体能力を発揮したナルセーナは、壁を越えてあっという間にこの場から立ち去っていった……。

「……本当に、ごめんなさい」

そう謝罪するライラさんの言葉には、非常に申し訳なさそうな声音が含まれていた。

それを感じながら、僕は思い描く。

あのまま邪魔が入らなければ、僕はナルセーナに告白されていた、と。

そう考えた瞬間、僕は自然と答えていた。

「いえ、気にしないでください。逆に助かりました」

「……え？」

僕の言葉に、呆然《ぼうぜん》とこちらを見るライラさん達に、僕は笑う。

「告白ぐらい、僕に譲って欲しかったので」

「……っ！」

ナルセーナに救われ、様々なものを与えられてきた、その自覚があるからこそ僕は思う。

せめて、思いを告げる時ぐらいは、僕から告げたいと。

改めて僕は決意する。

全てが終わった時、僕はナルセーナに想いを伝えると。

「……後、三十日か」

迷宮暴走を乗り切るには、様々な障害があるだろう。

それでも、僕は誓う。

絶対にその全てを乗り切ってみせると。

そんな僕達の行く末を嘲笑《あざわら》うかのように、迷宮都市を覆《おお》う障壁が僕達のことを見下ろしていた——。

The healer exiled from the party,
actually the strongest

パーティーから追放された
その治癒師 実は最強につき 4

書き下ろし
番外編

とある元無能の過去

書き下ろし番外編 ◆ とある元無能の過去

今でも記憶に鮮明に残っている。
それは、嫌になるほど空が青く澄んでいた日だった。
「行けよ無能。お前の役目は荷物持ちだろう？」
「……ぐっ！」
言葉と同時に背中から衝撃を感じ、俺は前へと倒れ込む。
後ろから蹴られた、そう理解した時には俺の身体は地面に叩きつけられていた。
腕が擦《す》り切れ、血が滲《にじ》む。
胸に屈辱に対する怒りが溢《あふ》れ出してくる。
ああ、ここで蹴りつけてきた男を殴り飛ばせたらどれだけ心地よいだろうか。
だが、そんな未来が妄想でしかないことを、俺は知っていた。
……なぜなら、俺はこの冒険者達には敵わないのだから。
故《ゆえ》に俺は、胸に渦巻く怒りをなんとか抑え立ち上がる。
そして、蹴りつけてきた男の言葉に従うように歩き出す。

「はは、こいつ本当にどうしようもねぇな！　ここまでされて、素直に従うのかよ！」

「くく。言ってやるなよ。こいつ等はそういう人種なんだよ。どうしようもない無能のごみなんだからさぁ！」

「そんな無能を雇ってやっている俺達、優しすぎないか！」

背後で俺を雇った三人の冒険者が喚《わめ》いているのが聞こえてくる。

好き勝手な物言いに、胸の中に強い激情が浮かぶが……俺はなんとかその感情を胸の奥に押し込む。

無能である俺がどれだけ反抗しても無駄だと分かりきっているのだから。

気配を薄くするスキル、それが俺、ノグゼムの持って生まれてきたスキルだった。

それが透明になれるスキルであれば、使いようがあったかもしれない。

けれど、俺のスキルはあくまで気配を薄くし、顔を認識させにくくする程度の効果しかない。

スキルに付随《ふずい》する効果で、若干ではあるが周囲の察知もできる。

だがそれだけだ。

ある程度なら身体強化はできる。

しかしそれは、ゴブリン二体に力比べで勝てるかどうかというレベル。

……俺はなにをされても、歯向かってはいけない。

「早く行けよ。お前のせいで集合時間に遅れたら、どう責任取るつもりなんだよ！」

「はは、無理言ってやるなよ。こんな奴に責任取れるだけの金なんてあるわけないだろう！」

「間に合わなかったら、無料でこき使ってやろうぜ！」

あまりの言い分に、俺は悔しさを抑えきれなかった。

「……だったら、持てよ」

気付けば、俺はそう吐き捨てていた。

それは、決して口にしようと思っていた言葉ではなかった。

あくまで、心の中に留めておこうと思っていたはずの言葉。

慌てて俺は誤魔化《ごまか》そうとした。

けれど、振り返った冒険者達の表情を目にするまでのことだった。

「……あ？」

「なにか言いたいのか？」

振り返った冒険者達の目には、俺に対して、「どうせお前はなにも言えやしないのだろう」

とでも言いたげな嘲《あざけ》りの表情が浮かんでいた。

それに気付いた時、もう俺は我慢できなくなっていた。

「……『自分の荷物ぐらい自分で持て』って言ったんだよ！　全ての荷物を俺に押し付けやが

って！」

明らかに一人で持てる量ではない荷物を突き出し、俺は怒鳴る。

今までの鬱憤《うっぷん》を晴らすかのように。

しかし、そんな俺の主張を冒険者達が聞くわけなどなく。

「うるせぇなぁ」

「……がっ！」

冒険者達の返答は拳だった。

俺のものとは比にならない身体強化で放たれた拳が腹部にめり込む。

息ができず、俺は地面に崩れ落ちる。

痛みに涙が溢《あふ》れ、視界が滲《にじ》む。

「こいつは本当に馬鹿だな。なにが『持てよ』だ。自分の立場も分からねえのか」

「無能なのに、俺達に刃向かうなんてよ！」

「挙句《あげく》、こんな無様な姿を晒《さら》して。本当に情けねぇなぁ！」

……俺を嘲笑《あざわら》う冒険者達の声は、酷く楽しげだった。

ようやく俺は気付く。

もしかしたら、自分が反抗することをこの冒険者達は待っていたのではないかと。

痛みが理由ではない涙が、さらに視界を滲《にじ》ませる。

「……くそ」

――俺はこんな奴等のおもちゃじゃない。

胸の中で、俺は叫ぶことしかできなかった。

◆ ◆ ◆

他の冒険者との集合場所に辿《たど》り着いたのは、それから数時間後のことだった。

すでに周囲は暗くなっており、他の冒険者達は皆テントの中で床に就いていた。

俺のような荷物持ちを除いた全員が。

「……ああ、くそ！」

テントの外、目の前にある僅《わず》かな焚き火では抑えることのできない寒気に身体を震わせる。

胸によぎるのは、依頼を受けたことへの後悔だった。

どうして、こんな大規模な依頼を受けてしまったのだろうか……。

「金になんか、釣られるんじゃなかった……」

依頼時に告げられた金額に飛びついてしまった過去の自分に。

そんなことをしても、時は戻らないなんて分かっている。

それでも、俺は恨み言を呟《つぶや》くことをやめられなかった。

「くそ、どうして俺は！」

思い返すのは、ここに来るまでの道中。

ことあるごとに暴力を振るわれ、馬鹿にされてきた。

明日以降も続くと考えると、ここから逃げ出したくなる。

……いや、ここが魔獣が多く生息する草原でなければ、俺は逃げ出していただろう。

ここまでに受けた仕打ちは、あまりに酷いものだった。

ただ、馬鹿にされ暴力を振るわれただけではなく、反抗したからと依頼料を値切ってくる始末。

依頼料を値切るなど違法だ。

だがそれは、自分のような無能と呼ばれる人間には適応されないと知っていた。

それが持たざる者の宿命なのだと。

「大丈夫、かい？」

ふと、隣から声がかけられた。

横を見ると、そこには端整な顔をした少年がいた。

よく言えば優しそうな、悪くいえば気弱にしか見えない表情。

少年を目にした俺は、反射的に顔をしかめる。

声をかけてきた少年は、治癒師でありながら俺と同じ荷物持ち……つまり同じ無能なスキルしか使えない人間だった。

だが俺は、目の前の少年が俺と同じだと認めるつもりはなかった。

「うるせぇよ。俺はお前に心配されるほど落ちぶれてはいねぇよ！　黙ってろ！」

だからこそ俺の返答は語気が荒くなる。

暗に自分よりも、お前の方が下だと告げるために。

「……分かった。悪かった」

嘲《あざけ》りを隠さない俺の言葉に、淡々と謝罪の言葉を告げる治癒師の少年。

「ふん」

そして黙る治癒師に対し、俺は鼻を鳴らした。

あまりにも情けない治癒師の姿に、俺は改めてある思いを強くする。

絶対にこんな奴のようにはならない、という思いを。

目の前の治癒師は、無能と呼ばれる俺達よりもさらに使えない存在だった。

なにせ、治癒魔法を強化するスキルを持ちながらも、ほとんど効果のない《ヒール》しか使えないのだから。

それは欠陥だ。

冒険者達に嘲《あざけ》られている俺でさえ、ある程度は身体強化できるし戦える。

まともな回復魔法すら使えない治癒師などは真の無能だ。

だが俺が、目の前の治癒師を忌《い》み嫌う理由は、そこではない。

「情けねぇなぁ！」

寝ている冒険者達に聞こえないように小さな声で俺は毒づく。

それでも隣にいる治癒師は、居心地悪そうに身動《みじろ》ぎしただけ。

その姿に俺は、改めて思いを強める。

絶対にこいつのようにはなってたまるかと。

これだけ馬鹿にされ嘲《あざけ》られても、一切文句を言ってこない治癒師の姿は、あまりにも醜悪なものだった。

たしかに、俺達のような無能と称される人間達は、馬鹿にされている。

心が折れて、ふと姿が見えなくなる奴等もいる。

けれど、目の前の治癒師は、その中でも一番、情けなかった。

治癒師は生きようと必死なだけかもしれない。

だが、自分を無能と認め冒険者達の言いなりになるその姿は、情けなくしようがない。

治癒師は、自分が無能だと諦めているのだろう。

そんな治癒師の姿に、冒険者の言いなりになったかつての仲間を思い出し、苛立《いらだ》ちを覚える。

同じ無能だった仲間を。

すぐに、そのことを頭から振り払った俺は、背後の木にもたれ掛かり、治癒師に言い放つ。

「おい、お前。俺は少し休むから見張っていろ。誰か起きたら、すぐに起こせ。そうじゃなければ、後で殴るからな」

俺は治癒師の返事も聞かず目を閉じる。

治癒師が俺を本当に起こしてくれるとは思っていない。

けれど、ここで仮眠ぐらいは取らないと、明日の生死にかかわる。

今までの経験から俺は知っている。

しかし、疲れていたにもかかわらず、すぐに俺は寝ることができなかった。

俺の頭の中に、かつての仲間の姿が浮かんでくる。

体調を崩した俺の薬を買うために、冒険者達の言いなりに。

そして、冒険者に騙《だま》されて死ぬことになった仲間の姿が。

「……くそ！」

血が滲《にじ》むほど手を握りしめ、俺は改めて誓う。

絶対に冒険者達の言いなりになどなるものか。

いつか必ず見返して見せる。

……それが果たせない夢であることぐらい知っていながら。

自分が虐《しいた》げられる弱者であることなんて分かっている。

どれだけ心を強く持とうが冒険者達に勝つことはできない。

分かっていても、俺はそう思い込むことしかないのだ。

そうでなければ、俺達は生きることさえ許されないのだから。

「畜生……」

……もう会うことのできぬ仲間と、どうしようもなく会いたかった。

◆◆◆

「……て」

俺を揺り動かす手が俺を覚醒させる。

無視して再び眠ろうとするが、一気に手の動きを激しくし、眠りに入るのを邪魔しようとする。

「……くそ、なんだよ鬱陶《うっとう》しいな！」

俺は苛立ち混じりに身体を起こし、目を開く。

「は？　……っ！」

自分が寝ていた場所が、いつもの場所でないことを思い出す。

少し仮眠を取るつもりだったが、予想外に熟睡していたようだ。

そこで俺は、今の状況がまずいことに気付き、顔から血の気が引いていく。

……なんとか冒険者達を誤魔化《ごまか》さないといけない。

「違うんだ！　これは……え？」

だが、目の前にいたのは欠陥治癒師の少年だけであった。

治癒師は俺を見ると、テントの方を指さす。

「大丈夫、まだ他の冒険者は起きていない。今から軽く身体を整えればまだ間に合う。ただ、そろそろ用足しに出てくる時間だと思うから気をつけて」

それだけを言うと、治癒師は何事もなかったかのように、自分の見張りの位置へと戻っていく。

「……まさか、本当に起こすとは」

治癒師の後ろ姿を見ながら、俺は呟《つぶや》いていた。

なにせ、あれだけ馬鹿にしたのだ。

自分なら絶対に起こさない。

しかも、起こしたことを恩に着せてもこない。

「変な奴だな……」

そう思いながらも、この治癒師を他の無能達が慕っていることを思い出す。

その時は、無能同士がつるんだところでなんになると思っていた。

この治癒師は、他の無能達と、いや、冒険者達とすら違うのかもしれない。

「おい、ラウスト！　早く来い！」

「はい、すいません！」

起きてきた冒険者に呼ばれ、急いで走っていく治癒師の後ろ姿を見つめる。

「……ラウスト、か」

それが、興味すらなかった治癒師の名を俺が知った瞬間だった。

◆◆◆

「おい、遅れるなよ！」

俺達が出発したのは、それからすぐのことだった。

相変わらず、俺に全ての荷物を背負わせたまま、冒険者達はさっさと前に進んでいく。

俺はあえて一切不満を顔に出さず、冒険者達の後ろをついて行く。

……バレないように、こっそりと歩く速度を遅めながら。

「ゴブリン討伐か」

今回の依頼の内容を思い出す。

ただの荷物持ちである俺には、冒険者達の目的は正確に知らされていない。

だが、おおよその予想はついていた。

定期的に行われる、草原の奥にある森の中のゴブリンの排除が今回の依頼だろう。

草原は決して危険な場所ではない。

迷宮と比べればなんてことない、初級冒険者達の狩場だ。

けれど、草原の奥にある森では、時折ゴブリンが急激に繁殖することがある。

そんな急激に数を増やしたゴブリンは、草原にまで流れ込んできて初級冒険者を襲う。

そんなゴブリンの氾濫を防ぐため、定期的に初級冒険者達での大規模なパーティー討伐が行われる。

ゴブリンとはいえ、その数が多ければ脅威だ。

だからこそ、冒険者達は動きやすさのために俺に荷物を押し付けたのだろう。

もしかしたら、ゴブリンが現れても俺を守る気はないのかもしれない。

時折現れるゴブリンを簡単にあしらいつつ、何事もなかったかのように森の奥へと進んでいく冒険者達の背中を見つめる。

「先に依頼料を値切ってきたのは、そっちだからな」

周囲を確認し、ここが見渡しの悪い森であることを確認し、俺は小さく笑う。

冒険者達は、こちらなど一切見ずにどんどんと進んでいく。

そんな冒険者達は、一切考えていないのだろう。

今まで散々嘲《あざけ》ってきた俺が、意趣返しを考えているなど。

今回は依頼料以上の魔石を頂くつもりだ。

死体となったゴブリンから冒険者の取り忘れた魔石を取り出し懐《ふところ》へとしまう。

先へと進んでいく冒険者達は気付いていない。

俺に無関心な冒険者達を内心で嘲笑《あざわら》う。

だが、浮かれながらも決して俺は、見つかった時のことを軽く考えてはいなかった。

「……半殺しで済んだらマシ、か」

今までの冒険者達の俺への態度を思い出し、俺は僅《わず》かに顔をゆがめる。

冒険者達は完全に俺を見下していた。

そんな人間に恥をかかされれば、激怒するだろうことは容易に想像できる。

そういう人間は、大抵こっちを殺すつもりで仕返しをしてくる。
これまでの経験から、そのことを知る俺は僅《わず》かに緊張を顔に浮かべる。
「バレないように慎重にやらねぇと」
そう考えた俺は、露骨になりすぎないように意識しつつも、周囲へ注意を向け始める。
「ん、なんだこれ？」
……森の中、どこか違和感を覚える。
それがなにか、はっきりとは分からない。
それでも無視できないほどの強い違和感を覚え、俺は呆然《ぼうぜん》と立ち尽くす。
そんな俺をよそに、冒険者達はどんどんと遠ざかっていく。
そして俺は、違和感の理由を悟ることになった。
「……静かすぎる」
俺はそれほど森の奥に来たことはない。
だが、僅《わず》かに記憶にある森を思い返せば、もっと森には音があったはずだ。
獣や小動物が動く音、鳥の鳴き声。
しかし、今俺の耳に入ってくるのは草木が僅《わず》かに揺れる音だけ。
俺は、はっきりと認識する。

今この森では、なにかおかしなことが起きていると。

改めて森の奥へと意識を向けた俺は、新たな異常に気付いてしまう。

「なんでこんな……」

森の奥から、強いなにかを感じる。

その数が一つでないことに俺の体が震え始める。

そして悟《さと》る。

――今俺が感じているのは、敵意だと。

「くそ！」

慌てて俺は、冒険者達が進んでいった方へと走り出す。

冒険者達の背中は、すぐに見えてきた。

敵意の主を刺激しないよう声を抑えながら、俺は冒険者達に告げる。

「待ってくれ！」

「あ？」

俺からの呼びかけに、冒険者の一人がこちらを振り向く。

その冒険者の顔は見るからに不機嫌で、一瞬俺は声をかけるのを躊躇《ためら》う。

だが今はそんな時ではないと気を引き締め、改めて冒険者へと声をかける。

「……なにかおかしいんだ！　早く逃げた方がいい！　応援を呼ぶべきだ！」

たしかに俺は無能だ。

俺のスキルはあくまで気配を薄くし、顔を認識させにくくする程度の効果しかない。

だが、スキルに付随《ふずい》する効果で、若干ではあるが周囲の察知ができる。

もちろんそれだって、遠く離れたなにかを察知できるような有用な能力などでなく、近くでなにかが隠れているのを偶《たま》に見つけられる程度のものでしかない。

そんな俺が、ここまでの気配の数を感じ取れるのは、明らかに異常だ。

……それが全てゴブリンだとすれば。

俺は必死に冒険者に訴える。

「今なら、急げば逃げられるかもしれない！　だから、早く！」

俺一人で逃げようとも考えた。

だが、ひとりで逃げられると思うほど、俺は慢心していなかった。

それ故《ゆえ》に俺は、必死に冒険者を説得しようとする。

そんな俺の言葉に、冒険者が浮かべたのは笑顔だった。

一瞬、なぜこの状況で笑顔？　と疑問を覚えたが、俺は信じてくれたのかと好意的に判断した。

しかしその判断が間違っていたことを、俺はすぐに理解することになった。

「誰が信じるかよ、そんなデタラメ」

「……がっ！」

笑顔のまま冒険者が俺の腹部を殴ってきた。

俺のとは違う、きちんとした身体強化による冒険者の一撃。

地面にうずくまった俺を見下ろしながら、冒険者達が話し合いを始める。

「あー、いつものか？」

「ああ。俺達を嵌《は》めようとしたんだろうな。そんな簡単に騙《だま》されるとでも思っているのかね？」

「それよりどうする。こいつ、俺達を騙《だま》そうとしたんだよな？」

俺を蔑《さげす》むような目で見ながら、会話を続ける冒険者達。

話が絶対に避けねばならない方向に向かっている。

俺は痛みを堪え、なんとか声を上げる。

「ちが、う！　本当にここは……」

「うるせぇよ」

「ぐっ！」

……しかし、俺への返答は、腹部への蹴りだった。

容赦のない一撃に、痛みに悶える。

そんな俺を、冒険者達はさらに冷めた目で見下ろす。

「深刻そうに言えば騙《だま》せるとでも思ったか？　お前が俺達を騙《だま》して、罰金を与えようとしているくらいお見通しだよ。誰が騙《だま》されるか」

その言葉に、俺はようやく理解する。

どれだけ自分が訴えたとしても、冒険者達には伝わりはしないことを。

だからといって、敵がいると分かっている今、諦めることはできない。

俺は必死に言葉を尽くす。

「待ってくれ！　本当なんだ。本当に……」

そんな時、森のさらに奥の方から悲鳴が聞こえる。

「ぎゃあああああ！」

呆然《ぼうぜん》と森の奥を見つめる。

ほどなくして、森の奥から冒険者達が走ってくる。

その表情は青ざめており、誰もが決して小さくない傷を負っている。

そして、その次に……百を超えるだろうゴブリンの群れが現れた。

「……嘘《うそ》、だろ」

冒険者の呟《つぶや》いた声が聞こえる。

その冒険者の態度も当たり前の話だ。

なにせ、大量のゴブリンがいると想像していた俺でさえ、この数は想像していなかったのだから。

けれどゴブリンは、呆然《ぼうぜん》としている時間を許しはしなかった。

どんどんと近づいてくる新たなゴブリンの群れ。

「や、やばい！　逃げるぞ！」

リーダーとおぼしき冒険者の言葉に、周囲にいた冒険者達が一斉に走り出す。

「……くそ！」

俺も痛む身体を引き起こし、必死に走り出す。

痛みはまだ引いていない。

とはいえ、今はそんな弱音を吐いていられる状況ではない。

ゴブリンの大群に追われているという恐怖に抗うように、俺は必死に足を動かす。

「……え？」

前を走っていた冒険者の一人が速度を落とし俺と並走する。

「……悪かったな。お前の言うことを聞かなくて」

必死に走りながらも、俺は冒険者の言葉に目を瞠《みは》る。

そんな俺を気にせず、冒険者は俺を抱えてくれるかのように手を伸ばしてくる。

「た、助かった」

反省した冒険者が、俺を抱えて逃げてくれると悟った俺は、思わずそう呟《つぶや》いていた。

なんとか必死に逃げてはいたものの、殴られた痛みもあり、もはや走り続けるのは限界だった。

「悪いな」

そう言うと、冒険者は俺の身体を簡単に持ち上げた。

冒険者の腕の中、俺はなんとか助かったと安堵《あんど》を漏《も》らすが、違和感を覚えて冒険者を見上げる。

そして俺は気付いてしまった。

……冒険者の顔に浮かぶ悪意に。

「お前、なにかおかしくないか！」

咄嗟《とっさ》に叫んだ俺に対し、冒険者は笑みを浮かべ告げる。

「本当に悪いとは思っているんだ。でも、ゴブリンから逃げるためには、誰かの犠牲が必要なんだ。だから、諦めてくれ」

——この冒険者は、俺をゴブリンへの生贄《いけにえ》にしようとしている。

そう理解した俺の顔から血の気が引き、身体が震え始める。

かつて聞いた『ゴブリンは弱いものに群がる習性がある』という話を思い出した俺は、死に物狂いで暴れだす。

「ふざけるな！　誰が、死んでたまるか！」

「……なっ！　クソガキが！」

暴れだした俺を冒険者は慌てて持ち直そうとするが、俺は必死に抵抗する。

ゴブリンの群れに投げ込まれたらどうなるのか、そんなこと考えるまでもなく分かる。

恐怖に背を押され、俺は死に物狂いで足掻く。

「……クソが！」

そのかいあり、とうとう冒険者の腕の中から、俺は脱出することに成功する。

だが、それを喜ぶ暇も俺にはあたえられなかった。

……なぜなら俺の目の前には、斜面が広がっていたのだから。

「っ！」

地面に落ちた勢いのまま、転がっていく身体。

俺が大きく暴れたせいで、いつの間にか道を外れていたようだ。

斜面を転がり落ちる俺は、冒険者からどんどんと離れていく。

このまま冒険者を見失ってしまえば、俺は生き残ることは絶望的だ。

「……とま、れぇぇ！」

必死に回転を止めようとするが無意味だった。

……そして俺は、ゴブリン溢《あふ》れる森の奥、一人取り残されることになった。

◆◆◆

「……くそ、くそ！」

なんとかここまで這ってきてから、どれだけ経っただろうか。

なんとか回転を止めた俺は、周囲を背の丈ほどの草で覆《おお》われた大木の根元にもたれかかっていた。

幸運にも視界が遮《さえぎ》られていることで、今まで俺はゴブリンに見つかることはなかった。

……だが俺にもたらされたのは、幸運だけではなかった。

「動け、動けよ！」

俺は何度も何度も足を擦《こす》る。

無理に回転を止めようとしたせいで、完全に動かなくなってしまった足を。

「頼む、お願いだから……！」

こんなこと、なんの意味もないことぐらい分かっている。

それでも俺は、こうして擦《こす》る以外なにもできない。

「……っぅ！」

擦《こす》る手の力を入れすぎてしまい、足に鋭い痛みが走る。

痛みに少し冷静になった俺は、足から手を離し脱力する。

そして俺の目から涙が溢《あふ》れる。

ここで泣いてしまえば、心が折れてしまう。

そう分かっているのに、俺にはもう涙を抑える気力なんてなかった。

「どうして、俺等ばかりが……！」

一体俺が、俺達がなにをしたのか。

人間にスキルを与えたとされる創造神を、俺は恨む。

俺は、俺達は、必死に生きてきた。

しかし、その結果は冒険者の囮《おとり》。

「……どうすれば、良いんだよ！」

無能には生きる価値などない、と突きつけてくるような世界に俺は叫ぶ。
世界の全てに抗うかのように。
……けれど、その僅《わず》かな反抗もすぐについえる。
俺のすぐ傍《そば》で草の動く音が聞こえたことによって。
ゴブリンが来た、そう判断した俺は咄嗟《とっさ》にスキルを発動する。
存在感を弱めるスキルを。
スキルを発動し、俺は注意深く周囲を窺《うかが》う。
今まで散々疎《うと》んできたこのスキルだが、今はなによりも頼りになる存在だった。
ここに俺が隠れてからゴブリンが来たのはこれが初めてではない。
その度に俺は、自分の周囲を覆《おお》う草と、このスキルでやりすごして来た。
もしかしたらこれは、ただの延命かもしれない。
それでも俺は、今を生き抜くために必死に息を押し殺す。
震える身体を押さえつけながら、俺は必死に祈る。
足音の主が、自分を素通りしてくれることを。
だが、そんな俺の願いを嘲笑《あざわら》うかのように、どんどんと足音が近づいてくる。
俺は絶望と共に死を覚悟する――。

「……え？　なんで、こんなところに⁉」

想像もしていなかった声に、俺は恐る恐る顔を上げる。

そこにいたのはまるで俺が想像もしていなかった人物。

欠陥持ちの治癒師の少年だった。

その身体を覆《おお》うボロボロのローブは血塗れで、治癒師がここに来るまでに相当な苦労があったことが偲《しの》ばれる。

「は、はは、ははは……」

「……なっ！　そ、その大丈夫？」

ゴブリンではなかったという安堵《あんど》から、俺は思わず乾いた笑い声を上げていた。

◆◆◆

それから十数分ほどの時間が経ち、ようやく落ち着きを取り戻した俺は、隣り合って大木にもたれかかる治癒師に今までの経緯を話していた。

「……そうか、君も囮《おとり》にされたのか」

「も？　て言うことはお前もなのか？」

俺が尋ねると、治癒師は無言で頷《うなず》く。

「まあ、囮《おとり》にされたおかげでゴブリンの注意が僕から外れたわけで。決して悪いことばかりじゃないんだけどね。ゴブリンは少人数の人間に引き付けられるわけじゃない。それを彼等が知らなくて助かったよ」

淡々と治癒師から語られた話の内容に、俺は衝撃を覚える。

「……どういうことだ？」

「弱いものにゴブリンが群がるというのは、勘違いなんだよ」

思わぬ言葉に驚きを隠せない俺をよそに、治癒師は丁寧に説明を続ける。

「ゴブリンが群がるのは、『少人数の人間』じゃなくて、怪我などをして『弱った人間』なんだよ。『弱った人間』がいなければ、普通に大人数を追っていく。それ以外では、たとえ少人数を狙うわけじゃないいんだけど、それを勘違いしている人間は多いんだ」

「そうだったのか」

その治癒師の言葉に、俺は素直に感心する。

というのも、俺自身もその勘違いしていた方の冒険者だからだ。

その知識は一体どこから得たのか、思わず気になった俺は尋ねる。

「そんなこと、どうやって知ったんだ？」

「……ホブゴブリンもゴブリンと同じく弱いものに群がる習性がある。そう騙《だま》されて死んだ知り合いがいてね」

治癒師の口から語られた重い物語に、思わず俺は黙り込む。

「今から考えれば、彼等はゴブリンの習性から勘違いしていた……いや、騙《だま》されていたんだけども。それから僕は、そういうことを避けるために魔獣の情報だけはしっかり調べることにしたんだよ」

そう語った治癒師の表情は、どこか曇っていた。

治癒師との会話を続ける中、俺は彼のことを見誤っていたことに気付き始めていた。

朝の件で、治癒師はいい奴かもしれないと感じてはいた。

とはいえ、治癒師がここまで芯のある人間だとは思っていなかった。

だが、今の治癒師を見て、俺はその評価を改める。

思ったよりこいつは、できる人間なのかもしれないと。

……いや、なのかもしれないではなく、おそらくそうなのだろう。

多量の血が付いたローブを見る限り、ただ森の中を逃げまどっていたとは思えない。

目の前の治癒師は、ゴブリンが溢《あふ》れるこの森の中で生き抜いてきたのだ。

しかし、一切の恐怖を顔に浮かべない治癒師に、正直なところ異常を感じる。

それでも俺は、治癒師に対し頼もしさを感じ始めていた。

それこそ、俺を囮《おとり》にした冒険者達よりもずっと。

「……えっと、どうかした？」

居心地の悪そうな治癒師の表情。

無意識のうちに治癒師を見詰めていたことに気付いた俺は、ばつの悪さを覚え、咄嗟《とっさ》に嘘《うそ》をつく。

「いや、ゴブリン達が怪我人を狙うなら、俺もやばかったと思って、な。今の姿を見られてたらやばかった」

「え、怪我をしているの？」

「……ああ、ちょっとな。でも、大した怪我じゃないから気にしなくていい」

いらないことを言ってしまったと、後悔がよぎる。

俺が足を怪我していると知れば、治癒師はすぐにここから去ってしまうだろう。

怪我人の俺は、ただの足手まといでしかないのだから。

だから俺は、傷を隠す。

「ちょっと見せて」

「……なっ⁉」

だが治癒師は、強引に俺を抑え傷を確認する。

「やめ……っぅ！」

咄嗟《とっさ》に治癒師を振り払おうとするが……それが足に負荷をかけることになった。

脳裏を貫く鋭い痛みに、俺は思わず硬直する。

その俺の動きに、治癒師は俺の患部を悟ったのか、迷う素振りもなく俺のズボンを捲《まく》り上げた。

「……なるほど、だからここに座っていたんだね」

紫色に変色した足首を見た治癒師が呟《つぶや》く。

その瞬間、俺の顔から血の気が引いていくのを感じる。

治癒師がすぐに、この場から立ち去ることを予見して。

この状況では仕方ないことだと思うし、逆の立場であれば俺もそうする。

そう分かっていながらも、こんな場所で孤独になることに、俺は耐えきれなかった。

なんとかして治癒師をこの場に引き留めようと俺は必死に考える。

「その、待って……」

「話は後で聞くから、今はじっとして」

そう言うと治癒師は俺が想像もしていなかった行動を取り始める。

足首を負担のないよう、けれど綿密に俺の足を観察した治癒師は、懐《ふところ》からなにかを取り出す。

治癒師はそれを俺の足首に近づけるとなにやら呟《つぶや》いた。

「《ヒール》《ヒール》《ヒール》」

「……え？」

その瞬間、信じられないような出来事が起きる。

──治癒師の《ヒール》に応えるように、俺の足首が治り始めたのだ。

唖然《あぜん》と見つめる俺の目の前で、紫色に腫れ上がった足首がどんどんと元の色に戻っていく。

折れていたかもしれない足首を簡単に治していく治癒師に対し、驚きを隠せなかった。

こんなこと、中級の治癒師でなければできないはずだ。

「よし、これでましになったかな？」

よほど集中しているのか、治癒師はそんな俺の驚きに気付くことはなかった。

だから俺は、思わず問いかける。

「……今、のは？」

「《ヒール》の魔法だよ。初級の《ヒール》でも、身体の仕組みをできる限り詳細に理解して、魔道具を使えばある程度治せるんだ。……といっても僕は、完全に仕組みを覚えられていないから、あまり効果は高くないんだけども」

申し訳なさそうな表情を浮かべながらも治癒師は、丁寧に俺の足首をたしかめ始める。

「一応歩けると思うけど、痛かったらごめん。うちの師匠かなりスパルタだから、ある程度はものにしたつもりだけど……僕にはこの程度が限界なんだ」

いや、ありえないだろ。

治癒師の姿に、俺は思わず内心で呟《つぶや》いていた。

そもそも仮に治癒に失敗したとしても、俺に謝る必要なんかまったくない。

ここで放り出されたとしても、俺は文句を言える立場ですらない。

そもそも俺は、キャンプの時に治癒師を冷たくあしらったことを覚えていないのだろうか。

そんな俺の気持ちも知らず、治癒師は必死に異常がないか俺の足を確認してくる。

「自分の身体ならもっと簡単に治癒できるのに……。とにかく、ゴブリンから逃げられる程度には治ったとは思う」

恐る恐る足を動かし、自分の足がきちんと動くことを確認する。

もちろん、まるで痛みがないとは言わないが、ここから逃げるには問題はなさそうだ。

これなら、ここで死ぬまで隠れている必要はない。

だがここで、俺はとあることに気付いてしまう。

俺は気配を弱めてゴブリンをやりすごすことができる。

だが、気配を弱められるのは自分に対してだけで、治癒師の気配を薄めることはできない。

ラウストと行動する限り、隠れてゴブリンをやりすごすことはできないだろう。

「……まあ、いいか」

そう理解してもなお、俺は笑った。

今さら治癒師を見捨てるつもりは俺にはない。

一人になるのが嫌、そんな理由ではない。

ここまでされて、治癒師を見捨てるという選択肢が俺にはなかった。

本来ならば、動けずこのまま死ぬ運命だった俺を動けるようにしてくれたのだ。

もし俺が死ぬのだとしても、治癒師だけでも生き残れるようにしてやろう。

自分らしくない、そう思いながらも俺は決意を固める。

生きるためにはなんでもすると思っていたのに、我ながら不思議なことだと思わなくもない。

もし死ぬとしても、治癒師のために死ぬのなら、意外にも嫌な気分ではなかった。

「……これは、足音？　なにか来ている！」

――治癒師の一言で、一気に緊張が高まっていく。

周囲へと注意を向けた俺は、すぐに周囲を複数の気配が囲んでいることに気付く。

「……とうとう来たか」

大分傷んだ短剣を抜き放った治癒師に続き、短剣を構えた俺はそう呟《つぶや》いていた。

治癒師がいる今、このままゴブリンをやりすごすのは不可能だろう。

だが不思議と恐怖を覚えることはなかった。

「いや、それも当たり前か」

治癒師の少年に治してもらった足を見つめ、俺は笑う。

今までであれば、ゴブリンに見つかれば俺に待っているのはただ嬲《なぶ》られて死ぬ未来だろう。

だが、今の俺は戦えるのだ。

それになにより、横に立つラウストが、今の俺には頼もしくて仕方がなかった。

明らかに自分よりも弱いだろうラウストを頼りにしている自分に、俺は思わず苦笑する。

とはいえ、今は決して悪い状況ではなかった。

改めて俺は周囲を警戒しながら、俺はそう判断する。

なぜか、周囲の気配は俺達を囲むようにして動かない。

いや、一体だけこちらに向かってきている？

「なんだ、一体だけか」

徐々に近づいてくる足音。

一体ならば、俺一人でなんとかなる。

そう思っていた俺だが、地面を鳴らす音にいつしか凍りついていた。

相変わらず、こちらへと近づいてくる足音は一体だけ。

けれど、もう俺にそのことを喜ぶ余裕などなかった。

……なぜなら、明らかに足音の主はゴブリンではなかったのだから。

「なにが、来ているんだよ！」

俺達に近づいてきたなにかが、俺の声に反応するように立ち止まった。

次の瞬間、バサリと目の前の草がかき分けられ――それは姿を現した。

「……なっ⁉」

「嘘《うそ》、だろ？」

俺の前に姿を現したのは、脂肪で身体が覆《おお》われた二足歩行の魔獣。

その魔獣のあまりの巨体に、俺は呆然《ぼうぜん》とする。

「なんでこんな場所に、こいつが。トロールがいるんだよ……！」

スキルを持つ魔獣、中級上位にランクされるトロールは、単体ではオークを凌ぐタフさを持つと言われている。

森の奥深く、迷宮の入口が近い場所では、時折トロールや超難易度魔獣が現れると聞いたことはある。

しかし、ここはまだ森の中の比較的浅い場所だ。

なのになぜ、こんな奴が。

そんな思考が頭の中を駆け巡る。

だがそんな俺の焦りを無視し、トロールが重量を感じさせる腕を伸ばしてくる。

「ヴァァァ！」

トロールの叫び声に、俺は恐怖で動けなくなってしまう。

ガタガタと身体が震え、逃げることもできない。

「はぁっ！」

──治癒師の声が響き、トロールの腕にボロボロの短剣が突き刺さったのは、その時だった。

「ヴァァァ！」

自分の身体に突き刺さった小さな短剣にトロールは苛立たしげな声を上げた。

そして、トロールの視線が、治癒師の方へと向く。

その瞬間、治癒師が俺に向かい叫んだ。

「逃げろ！」

治癒師の声に、ようやく身体が動くようになった俺は、一目散に走り出していた。

もはや、周囲にゴブリンがいるかもしれないなんてことさえ、俺は考えていなかった。

ただトロールから距離を取ることだけ考え、必死に走っていた。

「はぁ、はぁ」

それからしばらく、周囲に魔獣の気配を感じなくなった俺は、少しずつ走るスピードを落としていく。

だが、恐怖から完全に足を止められず、少しずつ前へと歩いていく。

とはいえ、俺の頭の中を支配していたのは恐怖だけではなかった。

「……くそ！」

俺の頭に浮かぶのは、「逃げろ」と告げた治癒師の顔だった。

なにが「治癒師だけでも生き残れるようにしてやろう」だ。

なにが「死ぬのが怖くない」だ。

恐怖にかられ逃げ出した自分があまりにも情けなく、俺は強く拳を握りしめる。

けれど、今さら戻る勇気など俺にはなく、ただ真っ直ぐと歩く。

「……っ！」

少し歩いた俺は、目の前の異常に目を奪われる。

前を見れば、まるでどこかに続くようにゴブリンの死体が転がっている。

「もしかして、この先に冒険者達がいるのか！」

俺は駆け出していた。

俺の想像を裏付けるように、進むにつれて増えていくゴブリンの死体。

間違いなく、この先にゴブリンを倒せる存在がいる。

俺にはトロールを倒す力などない。

けれど、冒険者達なら。

そんな考えが、俺の背を押す。

「……え？」

だからこそ、向かった先の光景。

——光のなくした目で空を見上げる冒険者達の姿に、俺は立ち尽くす。

冒険者達は皆死んでいた。

助けを求められる人物は、もういない。

「嘘《うそ》、だろ……」

俺は必死に冒険者の身体を起こし、揺さぶり、生きている人間を探す。

それがもう無駄だと分かっていながら。

「……はぁ、ここにいたのか」

背後から、荒い息とともに声が聞こえたのはそれからすぐ後のことだった。

「……なっ！」

振り返ると、そこにいたのは血だらけの治癒師だった。

思わず立ち上がり駆け寄った俺に、治癒師は力なく笑みを浮かべる。

「大丈夫、トロールにやられた傷じゃないから。ただ、身体強化を失敗しただけだから」

そう言うと、治癒師は俺の足を治した時と同じようになにかを取り出し、《ヒール》を唱える。

みるみる治癒師の傷が治っていく。

治療が終わったのか、治癒師の手が止まる。

だが、治癒師の衣服は血に染まったままだ。

身体強化の失敗、それが嘘《うそ》なことぐらい分からないわけがなかった。

治癒師が身体強化を使えるなど、聞いたこともないのだから。

おそらく、トロールにつけられた傷であることを隠そうとしているのだと俺は判断しかけて、気付く。

——それなら、治癒師はどうしてこの場にいる？

もう俺には、治癒師の言葉が真実なのか、嘘《うそ》なのか判断できない。

……ただ一つたしかなのは、治癒師が大怪我を負ったということだけだ。

なにも言えなくなった俺に、治癒師は困ったように告げる。

「えっと、まあいつものことだから。でも、大丈夫。君が逃げるまでは、絶対にトロールを足止めしてみせるから」

そう言うと治癒師は、死んだ冒険者から大剣を剝《は》ぎ取る。

淡々と作業を進める治癒師の姿は、いまだトロールと戦おうとしていることを示していて。

「……どうして、まだそんなことが言えるんだ？」

俺は思わず治癒師へと尋ねてしまう。

質問の意図が分からなかったのか、眉をひそめる治癒師へと俺は淡々と尋ねる。

「なんでお前はまだ戦おうとしているんだ？……俺達のような無能は死ぬしかないのに？」

そう話しながらも、俺は気付く。

……思う以上に、目の前に転がる冒険者達の死に、衝撃を覚えていることに。

別にこの冒険者達が好きだったわけじゃない。

正直な話、死んでくれとさえ思っていた。

だけど、俺は今までずっと、こいつ等の真似をして生きてきた。

こいつ等のようにすれば無能でも生きられるのではないか、そう思っていたから。

でも、違った。

「俺達はどうあがいても死ぬんだよ。無能じゃないこいつ等だって死んだんだ！　俺達が生き残れるわけがない！　俺達無能は生きられないように世界は決まっているんだよ！」

気付けば俺は叫んでいた。

涙で滲《にじ》み、輪郭だけしか見えない治癒師を睨《にら》む。

だが治癒師は、俺の言葉を認めることはなかった。

「無能が生きられないように決まっている？　そんなことありえないよ」

「……え？」

治癒師の言葉に、俺は驚きを隠せなかった。

だが治癒師は、笑みを浮かべている。

今まで見たことがないような自信に満ちた笑みを。

「たしかに僕達無能は、まるで世界に排除されているような目にあう。でも僕は、世界が無能に厳しいだけじゃないことを知っている。――なぜなら、僕はすでに一回救われているから」

そう言った治癒師の顔は希望に満ち溢《あふ》れていた。

「それに、無能が永遠に無能なんて、誰が決めた？　たしかに、僕はどうしようもない無能だよ。欠陥持ちだ。どうしようもないゴミ屑で、役立たずだ」

全てを諦めたようにしか聞こえない言葉、なのにそれを語る治癒師の顔に浮かぶのは、希望を疑わない満面の笑みだった。

「――でもいつか僕は、いつかあの子を迎えに行けるような最強の冒険者になってやる」

治癒師の言葉に、俺はなにも言えなかった。

自分がどうしようもない無能で、現時点でなにもできないことを治癒師は認めている。

けれど、全てを認めた上で、治癒師はそれでも未来を諦めていなかった。

そんな治癒師になぜか俺は圧倒されていた。

どうしようもなく治癒師が眩しい存在に感じられて、ただ立ち尽くすことしかできない。

そして治癒師は、冒険者の死体から短剣を取り出すと俺へと放ってくる。

「まあとにかく、時間は稼ぐよ。だから君は早く逃げて。多分今なら、まだ逃げられると思うし」

そう言った治癒師だが、その後に告げられた言葉に俺は愕然とする。

「もう、大体のゴブリンは僕が片付けたから」

「……え？」

思わず声を上げた俺を構わず、治癒師は走り出す。

俺が逃げてきた道を戻るように。

俺はただ、その背中を呆然《ぼうぜん》と見つめることしかできなかった――。

◆　◆　◆

俺がようやく動き出したのは、それから少し経ってからのことだ。

恐怖を覚えながら、それでも必死に自分を奮い立たせ、俺は治癒師が向かっていった方へと歩き出す。

身体の震えは止まらないが、治癒師を見殺しにするわけにはいかない。

その思いを胸に俺は歩いていく。

俺の頭に浮かぶのは治癒師の最後の言葉。

「……つまらない嘘《うそ》をつきやがって」

――もう、大体のゴブリンは僕が片付けたから。

いくらなんでも信じられるわけがなかった。

だが、そんな嘘《うそ》をついてまで、治癒師は俺を逃がそうとした。

そう理解できたからこそ、俺は苛立ちを抑えることができなかった。

自分の情けなさに。

「くそ！」

けれど、その後悔が今の俺の原動力だ。

今すぐにでも後ろを振り向いて逃げたくなる衝動を抑え、俺は必死に前に進んでいく。

……そんな中、俺はふとあることに気付いた。

「ゴブリンの死体、多いな？」

改めて見ると明らかに異常な数のゴブリンの死体。

「……ちょっと待てよ」

ゴブリンの死体に共通する異常に俺は気付く。

「全部、短剣の傷⁉」

記憶の限り、冒険者の中で短剣を武器にしているのは多くなかった。

なのに、見える限り大剣で傷をつけられたゴブリンは見当たらない。

俺の頭に、治癒師のぼろぼろの短剣が思い浮かぶ。

「いや、まさか……」

俺は信じられず、他のゴブリンの身体も確認する。

けれど、短剣の傷以外には大量に殴られたような打撲痕があったが、それだけ。

「本当にあの治癒師がこのゴブリンを……」

そこまで考えたが、俺は頭を振って慌ててそのことを振り払う。

たしかに、治癒師がゴブリンを倒したかどうかは非常に気になる。

とはいえ、今はそんなことを気にしている状況ではない。

……もしこれだけのゴブリンを治癒師が倒したとしても、トロールを倒せるわけではないのだ。

トロールは中級上位の魔獣。

中級冒険者でさえ恐れる存在。

たとえ治癒師がゴブリンを倒せる実力を持っていたとしても、トロールに勝てるとは思えない。

俺が行ってもなにもできないかもしれない。

それでも、もしかしたらなにかの役に立つかもしれない。

「とにかく、早く治癒師のところに行かないと」

震える足を必死に奮い立たせ、俺は森の奥へと走っていく。

◆　◆　◆

戦闘音が俺の耳にも響いてくるようになったのは、それから少ししてからのことだ。

なにかが折れるような激しい音に、肉が潰れるようなえぐい音。

恐怖をかき立てられながらも、俺は必死に走る。

「……まだ治癒師は戦っている、か」

戦闘音が響いてくる。

つまりまだ、治癒師は死んでいないのだ。

戦っている場所に近づけば近づくほど、どんどんと激しさを増す音。

それはさらに俺の恐怖心を煽《あお》ってくる。

だがそんな俺の耳に、戦闘音とは違うものが飛び込んでくる。

「なんだ、この音。……複数の足音？　まさか！」

思い出すのは、冒険者達を追いかけていたゴブリン。

これまでの道でもかなりの数のゴブリンが死んでいた。

それでもまだ、ゴブリン達は生き残っているのだ。

こんな大きな戦闘音が響いていれば、ゴブリンが集まってきてもなんらおかしくはない。

それはつまり。

――治癒師はトロールとゴブリンを同時に相手取っている可能性がある。

「……くそ！」

そんなことになれば、中級上位の冒険者であってもただでは済まない。

ましてや、欠陥と呼ばれる治癒師の少年ならなおさらだ。

早く加勢しないと。

そんな思いに背を押されるまま、俺は戦場に駆け込んで。

「……え？」

俺が目にしたのは、信じられない光景。

草原の中、治癒師はトロールと渡り合っていた。

そして、その周囲をゴブリン達が取り囲んでいる。

——だがそんな状況にあっても治癒師は、一歩も押されてはいなかった。

いや、具体的に言えば渡り合えているとは決して言い難い状況かもしれない。

なにせ、トロールの方には一切傷もなく、周囲を囲むゴブリンからは休む暇もなく攻撃に晒《さら》されている。

それでも俺には、どうしても治癒師が押されているようには見えなかった。

……なぜなら、治癒師はゴブリンとトロールの繰り出す、前後左右の攻撃全てを避けているのだから。

「なんだよ、あれ？」

必死に避けるその動きはいくら鋭くとも、身体強化を行っているほどの速さはない。

しかし、魔獣の攻撃を一切喰らわず、治癒師は全てを避けていく。

そんな治癒師を見て、俺は確信する。

……治癒師もまた、強者と言われる存在なのだと。

気付けば俺は、自分の短剣を血が滲《にじ》むほど強く握りしめ、治癒師の戦いを見つめていた。

「……っ！」

トロールとゴブリンの攻撃を完璧に回避する治癒師。

けれど、その治癒師の顔からは一切の余裕はない。

一撃でも喰らえば、戦闘不能になるだろうトロールの攻撃をなんとか避けている。

「……ウヴォォ！」

トロールは、いくら攻撃をしても当たらないことに、苛立ちのこもった表情をしている。

そんな中、信じられない出来事が起こる。

「ガッ！」

「ギギッ！」

治癒師が避けたトロールの太い腕が複数のゴブリンを吹き飛ばす。

「……まじ、か」

その光景に、俺は思わず目を瞠《みは》っていた。

治癒師の立ち回りは、様々な計算の元に成り立っていたのだ。

ふと横を見れば、そこにはトロールにやられたと思わしき、ゴブリンの身体が転がっていた。

「……そうか、あの打撲の痕は同士討ちの結果なのか」

俺が思い出したのは、ここに来る途中で見かけたゴブリンの死体についていた打撲痕だった。

あの打撲痕は同士討ちだったのか。

……それは、治癒師があの数のゴブリンを倒したなによりの証拠だったのだ。

そんなことを考えている間に、治癒師の周囲に存在するゴブリンがトロールの腕によってどんどんと数を減らしていく。

それはまさに圧巻の立ち振る舞いで、気付けば俺はその光景にのめり込んでいた。


唖然と見つめる俺の目の前で、ゴブリンは次々と倒れていく。

そんな中、治癒師は油断することなくトロールの攻撃を捌《さば》いている。

けれども、俺は気付いてしまう。

このままでは、いずれ治癒師の敗北が確定することを。

「……トロールを仕留める手段が、治癒師にはないのか？」

これからどれだけ治癒師がトロールの攻撃を避けられたとしても、それは永遠ではないだろう。

つまり、それまでに治癒師はなんとかしてトロールを倒さねばならない。

だが、ただの治癒師に、トロールをどうにかできるなど考えられなかった。

「いや、でも！」

それでも、治癒師ならなんとかするかもしれない。

……しかし、そんな俺の思いとは裏腹に、戦況が変わることはなかった。

そんな中、俺は治癒師の表情の変化に気付いてしまう。

いつの間にか治癒師の表情が焦燥《しょうそう》に覆《おお》われていることを。

一体一体と数を減らしていくゴブリン。

それに合わせるように、どんどんと険しいものになっていく治癒師の表情。

それが、敗北の未来を意味しているように感じ、俺は唇を噛《か》み締める。

未来を変えるものがなにかないかと、俺は周囲へと目を向ける。

しかし、そんなものいるわけがなかった。

――そう、この場で見ている俺を除いて。

足が震え始めるのを感じながら、俺は見つめる。

明らかに追い詰められている治癒師を。

治癒師を助けることができるのは自分しかいない。

「くそ！」

それでも俺は走り出すことができなかった。

震える足を抑えつけることができない。

けれど、それ以上に俺の胸を支配するのは、無力感だった。

「俺程度が行ったところで、なんの役に立つんだよ……！」


たしかに、自分がここで飛び出さねば治癒師の不利は変わらない。けれど、自分がここで飛び出したとしてもただの邪魔にしかならないと、俺は理解できていた。

信じられない体捌《たいさば》きでトロールの攻撃を避ける治癒師を見ながら、俺は自分の非力さに絶望する。

俺には治癒師のような、鍛え抜かれた身体もない。

他の冒険者のような強いスキルもない。

ただの無能だ。

ただ呆然《ぼうぜん》と治癒師の奮闘を見守ることしかできない。

「くそ……」

俺は情けなくて情けなくて、この場から逃げ出したくなる。

「……なっ！」

トロールが、苛立ちを抑えられなくなったように、咆哮《ほうこう》を上げたのはその時だった。

「ヴァァァァァ！」

咆哮《ほうこう》と共にトロールが猛攻を始める。

これまでトロールは、ゴブリンに攻撃を当てないよう意識はしていた。

それを利用して、治癒師はゴブリンを巻き込んでいた。

だがトロールから、ゴブリンへの配慮が消えた。

「ギギ!?」

トロールの攻撃に巻き込まれ、周囲のゴブリンの数がどんどん減っていく。

だが、そんなトロールの突然の猛攻に巻き込まれたのはゴブリンだけではなかった。

「……くっ！」

今までなんとかトロールの攻撃を避けていた治癒師。

そんな治癒師が初めて見せた、大きな反応。

そんな治癒師に、トロールは殴りかかっていく。

「……ラ、ラウスト！」

——酷く嫌な予感を覚えた俺は、反射的に治癒師の名を呼び走り出していた。

「がっ！」

トロールの拳を避けそこねたラウストの動きが止まる。

それは致命的な停滞だ。

「ヴォア」

初めてみせたラウストの隙に、トロールが嬉しそうな笑みを浮かべ大きく腕を振りかぶる。

ラウストは後退しようとするが間に合わない。

……次の瞬間、ラウストの身体は石ころのように飛んでいった。

「ウォォォォ！」

トロールが、まるで勝利を確信したかのように咆哮《ほうこう》を上げる。

そして、止めを刺そうと、ラウストの方へとトロールは足を踏み出す。

「この、クソ野郎が……！」

……ようやくトロールの下に辿《たど》り着いた俺は、その身体に短剣を突き刺す。

「ヴァア？」

俺の気配を薄くするスキルの効果もあって、突然短剣を突き刺されたことにトロールは驚きを隠せていなかった。

まるでなにが起きたのか分からない、そんな態度で俺を見ている。

しかしそれも一瞬のことだった。

「ウボァ！」

「……がっ！」

煩わしそうに、トロールが腕を振り払う。

それだけで俺は突き飛ばされてしまう。

無様に地面を転がる俺は、どうしようもない無力感に苛《さいな》まれる。

「ああ、俺は。……本当にどうしようもない無能なのか」

あまりにも情けなく、そしてどうしようもない自分に、俺はただ笑うことしかできなかった。

ようやく動いたのは、ラウストが倒れた後。

隙をついた攻撃も、与えられたのは僅《わず》かなダメージ。

「せめて、ラウストが倒れる前に、身代わりになっていれば……！」

後はもう、死を待つしかない状況。

トロールを見上げた俺の頬を一筋の涙が線を描く。

「いや、最高の援護だったよ」

――トロールの背後から声が聞こえたのは、その時だった。

「……ウボァ！」

トロールが、慌てて声の方を見る。

だがそれは、遅きに失していた。

そこにはすでに大剣を振りかぶったラウストが立っていたのだから。

「ウボァ！」

目の前に立つラウストの姿に、一体なにを感じたのか、トロールは咄嗟《とっさ》にラウストから距離を取ろうとする。

……今さら逃げてもどうしようもないと、分からないはずがないのに。

そんなトロールへと、ラウストは自信に満ちた笑みを浮かべる。

トロールに攻撃されたラウストの身体は傷だらけで、今まで攻撃を避け続けていたせいで、疲れも隠せていない。

それでも、今のラウストにはトロールを倒すなど簡単なことだと、俺には理解できた。

それだけのなにかを、今のラウストは有していた。

「頼りになる仲間なんだ。悪いけど、殺させはしないよ」

そう言うと、ラウストの大剣がトロールへと振り下ろされる。

「ウボァァァァ‼」

ラウストの大剣が脂肪だらけの身体に届く直前、トロールは必死の足掻《あが》きというように、両腕で身体を庇《かば》う。

その両腕は太く、並大抵の攻撃では身体を傷つけることは難しいだろう。

――だが、ラウストの攻撃の前に、それは無意味な行動だった。

まるで、熱したナイフがバターを切るように、ラウストの大剣は容易くトロールの両腕を切り落とし、その身体をも深々と傷つける。

「ウボァ、ァァァ！」

一拍の後に、トロールの口から甲高い悲鳴が上がった。

高い防御力をもつ自分の身体が易々と切り裂かれたのが信じられないと言いたげに。

……それが、トロールの最後の言葉であった。

傷口から多量の血を流しながら、倒れ伏すトロール。

その光景が現実なのか、俺は一瞬判断することができなかった。

だが、あちらこちらから感じる痛みに、これが紛《まぎ》れもない現実だと理解する。

それでもトロールが生きているように思えて、俺はラウストの近くに行くことができない。

「……ぐっ」

トロールを倒した後、蹲《うずくま》ったまま動かなかったラウストが苦痛の声を漏《も》らす。

改めてラウストに目を向けた俺は、今になって想像以上にラウストの状態が危険なことに気付く。

今まで動けていたのか不思議なくらいの血が溢《あふ》れ出し、ラウストの顔からは血の気が引いていた。

今にも倒れそうな状態のラウストは、それでもなんとか懐《ふところ》から魔道具を取り出す。

「……っ！　《ヒール》」

しかし、それが限界だった。

《ヒール》を唱えた後、ラウストは力尽きたかのように地面に倒れ伏してしまう。

その瞬間、俺はトロールのことなど忘れ、走り出していた。

「ラウスト、大丈夫か！」

もし、ラウストが死んでしまっていたら。

そんな想像に震えながら、俺は倒れて動かないラウストの身体を起こす。

「……なん、だよ」

安らかな表情で——ただ眠っているだけのラウストの姿に、俺は安堵《あんど》の息を漏《も》らす。

少し顔色が悪いが、それ以外におかしなところは見られない。

それどころか、今までの激闘が信じられないような安らかな寝息をラウストは立てていた。

「……本当にこいつがトロールを倒したのか、信じられなくなるな」

後ろを見ると、そこには動くことのないトロールの姿があった。

短剣の端《はし》でトロールを突き、完全に死亡していることを確認した俺は、小さく笑う。

「いや、違うか。こんな状況でも眠れる奴だから、倒せたのか」

思い出すのは、ラウストを自分よりも下だと思っていた数時間前の自分。

けれど、今の俺はそれがどれだけ誤った評価か、理解していた。

なにせラウストは、治癒師でありながらトロールを倒したのだから。

ラウストにかけてもらった《ヒール》を思い出しながら、俺は呟《つぶや》く。

「ほんと、デタラメだな……」

異常にまで低いラウストの自己評価。

その理由は、同じ無能である俺にはよく理解できた。

どれだけ頑張っても待っているのは挫折。

……初級治癒魔法しか使えない欠陥持ちと嘲《あざけ》られていたラウストが、どんな目にあってきたかなんて容易《たやす》く想像できる。

その結果、治癒師としてまともに行動するのを諦めたのだろう。

「だからって、なんで治癒師が戦おうと考えるんだよ！」

そう言いながら、俺は思わず笑い声を漏《も》らしていた。

攻撃を避けるのは技術だ。

スキルが使えなくても、問題はない。

たしかにそれは事実だろう。

「だ、だからって、どう考えれば、ぶふっ。あんな無茶苦茶なことをしようと思えるんだよ！」

トロールとゴブリンを鮮やかな動きで翻弄《ほんろう》しながら戦っていた姿を思い出しながら、俺は腹を抱えて笑う。

あの時のラウストの動きは、俺の記憶に鮮明に焼き付いている。

計算され尽くした立ち回りに、鍛え抜かれたであろう技術による動き。

スキルなど関係ないその動きを、何度も何度も思い返す。

本当になんてことをしてくれたのだと。

「――こんなの見せられたら、もう無能だからって言い訳して生きていられねぇだろうが！」

そう叫んだ俺は、目元から溢《あふ》れる涙を強引に拭《ぬぐ》う。

この涙は、笑いすぎて溢《あふ》れただけのものだと、自分に言い聞かせながら。

そして、俺はいまだ起きる素振りも見せないラウストの身体を抱える。

「……恩人をこんな場所に寝かせてはいけねぇからな」

さすがに人を一人抱えて歩くのは辛い。

それでも俺は、無言で迷宮都市の方向を目指して歩く。

身体と精神。

二つの命を救ってくれた存在なのだから。

俺は誓いを立てるように、ラウストに呟《つぶや》く。

「いつか絶対に、恩返しはする。だから、待っていてくれ」

だが、俺の誓いの言葉に返事はなかった。

それもそのはずだ。

俺は思わず自分を笑ってしまう。

「……眠っている時に、こんなこと言ってどうすんだよ」

……ラウストがたとえ聞いていなかったとしても、俺には伝えておきたいことがまだあった。

「お前は間違いなく、強くなるよ。超一流冒険者どころか、それ以上だってなれる。勇者すら超えた、最強の冒険者に」

なぜか俺は本気でそう思っていた。

ラウストなら不可能じゃないと確信していた。

だから、いつかそれを手助けして、恩返しをする。

俺はそんなことを考えながらも歩く。

「……だから、お前が最強になった時、ラウストに仲間と認めてもらったことがある、そう自慢する日が来るのを楽しみにしているよ」

眠っているラウストには届いていないだろう。

それでも、俺は自分に誓う。

いつか、ラウストに恩を返してみせると。


——これは後に最強と呼ばれる治癒師を、最初に最強と呼んだ人物の話。

その全てのきっかけとなった物語だ。

本書に対するご意見、ご感想をお寄せください。

あて先

〒162-8540 東京都新宿区東五軒町3-28
双葉社　モンスター文庫編集部
「影茸先生」係／「カカオ・ランタン先生」係
もしくは monster@futabasha.co.jp まで

ノベルス

パーティーから追放《ついほう》されたその治癒師《ちゆし》、実《じつ》は最強《さいきょう》につき④

2020年9月1日　第1刷発行
2024年9月19日　第2刷発行

著　者　影茸《かげきのこ》

発行者　島野浩二

発行所　株式会社双葉社
〒162-8540　東京都新宿区東五軒町3番28号
［電話］03-5261-4818（営業）　03-5261-4851（編集）
https://www.futabasha.co.jp/（双葉社の書籍・コミック・ムックが買えます）

印刷・製本所　三晃印刷株式会社

［電話］03-5261-4822（製作部）
ISBN 978-4-575-24319-2 C0093